여행자의
인문학

글 문갑식

사진 이서현

여행자의
인문학

21명의
예술가와
함께 떠나는
유럽 여행

다산
초당

글을 시작하며

"지구라는 별에서, 옥스퍼드(Oxford)에 살 기회를 얻는다면 당신은 행운아일 것입니다."

2014년 3월, 영국 옥스퍼드 시티 센터의 공중화장실에서 본 문구입니다. 처음에는 '이런 허풍을!' 하고 웃었지만 며칠 지나지 않아 그 말이 사실임을 알 수 있었습니다. 1,000년의 역사가 쌓인, 세계의 지성들이 모인 이 고색창연한 도시는 골목골목이 경이로웠습니다. 느린 것 같지만 정확하고 낡아 보이는 게 전통이었으며, 과거에 얽매여 있는 듯했지만 그것이 사실은 창작의 힘이라는 점을 깨달았습니다. 무엇보다 사람을 편안하게 만드는 나라였습니다. 우리와 모든 것이 달랐습니다. '진정한 선진국은 이런 나라구나' 하고 느꼈습니다.

브론테 자매의 소설 『폭풍의 언덕』, 『제인 에어』의 무대가 된 요크셔 주에 위치한 하워스 고원의 정상에 섰을 때의 감동이 이 책의 모티브가 됐습니다. 황량하고 음습한 고원에는 히스꽃과 양 떼뿐이었습니다. 정말 미친 듯이 바람만 부는 그곳을 보니 주인공 캐서린과 히스클리프가 미친 사랑을 나눌 수밖에 없었을 것이라는 생각이 들었습니다. 그 순간 예술이 작가의 상상이 아니라 현실을 토대로 창작된 산물이라는 것을 느꼈고 다른 예술가들의 무대에도 눈을 돌리게 됐습니다. 그렇게 저와 아내는 서로가 동경해오던 작가의 무대로 경쟁하듯 달려갔습니다.

1

폭풍의 언덕에서
브론테 자매를 찾다

고원은 오후 9시가 될 때까지 훤했습니다. 관목으로 뒤덮인, 탁 트인 황무지에 저녁노을이 지는 모습은 영국 특유의 풍광입니다. 영국의 태양은 겨울에는 오후 4시부터 검은 물감이 서서히 배어들 듯 빛을 잃지만 여름이면 밤늦도록 끈덕집니다.

에밀리 브론테Emily Jane Brontë의 걸작 『폭풍의 언덕』의 무대인 하워스Haworth로 가기 전에 머문 브래드퍼드Bradford부터 느낌이 좋지 않았습니다.

하워스에 도착해 브론테 자매의 유적을 돌아보고 폭풍의 언덕 근처에 도착한 시각이 오후 9시 무렵이었습니다. 인적 드문 고원에는 바람만 미친 듯 불고 있었습니다.

'워더링 하이츠'로 가는 길을 서두르는데 내비게이션은 계속 엉뚱한 곳으로 안내합니다. 한밤중 주택가 창문에 비친 할머니의 모습을 발견하고 질문을 던졌지요.

"워더링 하이츠Wuthering Heights가 어딥니까?" 할머니가 알려주는 방향에서 다시 한 시간쯤 방황하다 개 두 마리를 데리고 산책하던 아가씨를 발견했지요. 그녀에게 "익스큐즈 미"라고 하는 순간 개들이 와락

달려듭니다.

셜록 홈스 시리즈의 『바스커빌가의 개』에 나올 법한 검고 송아지 만 한 개였습니다. 그녀가 뒷좌석에 앉아 있는 둘째 딸을 보더니 워더링 하이츠 쪽을 가리키며 말했습니다.

"여기는 밤에 위험해요."

아가씨의 경고 때문일까요. 길바닥에 휘갈겨 쓴 욕설이 그제야 눈에 들어오기 시작했습니다. 겁을 먹어서인지 고원의 실루엣마저 무서웠습니다.

밤 11시가 다 되어 '폭풍의 언덕' 찾기를 포기하고 숙소에 도착했습니다. 숙소는 편안하기는커녕 공포를 더 가중시킵니다. 아무리 문을 두드려도 인기척 없는 로지Lodge의 이름이 하필 '도그 앤 건Dog and Gun'이었습니다.

외국에서 흔히 이용하는 호텔닷컴이니 부킹닷컴이니 하는 숙소 예약 사이트들의 정보는 온전히 신뢰할 수 없습니다. 심사숙고 끝에 고른 로지는 밤이면 안내인은 퇴근하고, 옆에 붙은 바의 바텐더가 문을 열어주는 곳이었습니다. 숙소에 대체 몇 명이 묵고 있는지도 알 수가 없고, 방문도 밖에서 잠그면 나올 수 없는 구조입니다. 주인이 난방 온도를 잔뜩 높여놓았는데 온도 조절 밸브는 없고 창문도 열리지 않았습니다.

목을 축이려고 바에 들렀더니 60대로 보이는 남성이 말을 걸어옵니다. "어디서 오셨소?" "한국에서 왔습니다." "오, 그래요! 내 친구

중에 한국인도 있지." "두 시간 넘게 헤맸지만 끝내 워더링 하이츠를 못 찾았어요." "현지에선 워더링 하이츠를 톱 위덴스Top Withens라 부릅니다."

다음 날 보니 전날 헤매던 곳이 '톱 위덴스' 근처였습니다. 그런데 왜 찾지 못했던 것일까요. 톱 위덴스에는 '워더링 하이츠'라는 작은 호텔을 제외하면 주변에 '워더링'이라는 말조차 없었으니까요. 폭풍의 언덕에 가려는 첫 번째 도전은 다음 날 일정상 이렇게 허무하게 끝났습니다.

몇 주 뒤 스코틀랜드에 갔다가 돌아오는 길에 하워스의 사제관에서 두 번째 도전을 시작했습니다. 직원에게 물었더니 사제관 옆 담장을 따라 쭉 가면 폭풍의 언덕에 닿을 수 있다더군요. 처음엔 평탄하던 길이 점점 가팔라집니다.

길 곳곳에 퍼질러놓은 양들의 배설물을 피해 황무지를 지나는데 뻥 뚫린 아스팔트 도로가 등장합니다. 도로를 건너 계속 올라갔지만 이번에는 내리막입니다. 모처럼 만난 표지판에는 '브론테 폭포Bronte Fall'라고 적혀 있습니다. 표지판부터 다시 폭포까지 한 시간이 넘게 걸렸습니다. 이번에도 발길을 돌려야 했습니다.

다시 몇 주 뒤, 레이크 디스트릭트에 가는 길이었습니다. 이번에는 톱 위덴스 표지판 앞에 자동차를 세우고 언덕부터 올라가기 시작했습니다. 한참 땀을 흘리다 보니 사방에 깔린 보랏빛 히스꽃이 바람에 고

개 숙인 채 흔들리는 황무지가 나타납니다. 여기서 한 시간 이상 더 올라가면 나무 한 그루가 덩그러니 서 있습니다.

다시 20여 분을 걸으니 1964년에 '브론테 소사이어티Bronte Society'라는 단체에서 세웠다는 집이 나옵니다. 영화 「폭풍의 언덕」에 나온 세트장이었습니다. 천장도 없고 벽돌로 지은 뼈대만 남았지만, 이곳을 찾는 사람들에겐 이정표 같은 곳입니다. 나무 두 그루 사이에 놓인 벤치에 앉아 한참을 쉬던 기억이 지금도 마음속에 남아 있습니다.

다시 정상을 향해 갑니다. 500미터쯤 더 걸어 해발 440여 미터의 평평한 언덕 꼭대기에 이르자 사방이 훤히 눈에 들어옵니다. 바로 아래에는 우거진 풀 사이로 짜개진 돌무더기 몇 개가 보입니다. 정상에서 보니 두 갈래 길이 보였습니다. 브론테 폭포에서 직선으로 올라오는 길, 톱 위덴스에서 완만하게 올라오는 길입니다.

에밀리 브론테는 소설에서 폭풍의 언덕을 이렇게 묘사합니다.

"영국 전체를 통틀어 봐도 세상과 이토록 동떨어져 있는 집은 찾기 어려우리라. 그런 뜻에서 본다면 히스클리프와 나는 이곳에서 외로움을 나누기에 가장 적당한 사람들인지 모른다."

고원에는 히스꽃과 잡초 외에 아무것도 없습니다. 아무것도 없는 무의 세계, 들리는 것은 바람 소리뿐입니다. 죽어서야 함께할 수 있

"영국 전체를 통틀어 봐도 세상과 이토록 동떨어져 있는 집은 찾기 어려우리라.
그런 점에서 본다면 히스클리프와 나는
이곳에서 외로움을 나누기에 가장 적당한 사람들인지 모른다."

- 『폭풍의 언덕』 중에서

었던 캐서린과 히스클리프의 유령이 못다 한 사랑을 속삭이며 지금도 벌판을 떠돌아다닐 것만 같습니다. 다음은 사랑을 이야기할 때 많이 인용되는 감동적인 문장입니다.

"내가 살아오면서 가장 중요하게 생각한 것은 히스클리프야. 모든 것이 없어져도 그만 남는다면 나는 살아갈 수 있어. 다른 게 다 남고 그가 사라진다면……. 아아, 상상만으로도 끔찍해. 에드거에 대한 사랑은 숲 속의 나뭇잎과도 같아. 겨울이 오면 나무의 모습이 변하듯이 사랑도 변하겠지. 그러나 히스클리프에 대한 내 사랑은 땅속 깊이 박혀 있는 바위와 같아. 그는 언제나 내 마음속에 있어. 나 자신으로서 내 마음속에 존재하는 거야."

브론테 남매의 아버지 패트릭이 하워스로 온 것이 1820년입니다. 이듬해부터 이 가족에겐 비극이 닥칩니다. 먼저 어머니 마리아 브론테가 1821년 여섯 아이를 남기고 세상을 떠납니다. 마리아, 엘리자베스, 샬럿, 브란웰(아들), 에밀리, 앤이지요.

1824년 네 자매는 막내 앤만을 남겨두고 클러지 도터스 기숙학교에 들어갑니다. 샬럿은 여기에서의 경험을 『제인 에어』에 나오는 로우드 기숙학교로 살려냅니다.

자매의 학교생활은 짧게 끝납니다. 1년 만에 마리아와 엘리자베스가 병에 걸려 집으로 돌아오지만 곧 숨지고 샬럿과 에밀리 역시 뒤따라 귀향하지요. 에밀리 일가는 아버지를 제외하고 모두 젊은 나이에 세상을 뜨고 맙니다.

1848년 9월 외아들 브란웰, 같은 해 12월 『폭풍의 언덕』의 작가 에밀리, 1849년 5월엔 앤이 세상을 뜹니다. 아버지는 1년 동안 서른도 다 못 채운 자식들의 장례식을 세 차례나 치릅니다.

마지막까지 남은 샬럿과 아버지는 고집스럽게 하워스 사제관을 떠나지 않고 머물지만 샬럿마저 1855년 임신한 상태에서 결혼한 지 1년도 안 돼서 서른아홉의 나이로 세상을 뜹니다. 패트릭은 아내와 자식 여섯 명, 심지어 아내 대신 집안일을 돌보던 처제까지 일찍 떠나보냈지만 자신은 84세까지 장수했습니다.

한낮에도 어두컴컴하고 습기 많은 사제관 주변을 보면 브론테 일가의 불행은 폐결핵 같은 질환뿐 아니라 교회 공동묘지 바로 옆에 있는 집터에도 문제가 있었다고 보입니다.

불운이라고 말할 수밖에 없는 운명 속에서도 브론테 자매는 『제인 에어』(샬럿), 『폭풍의 언덕』(에밀리), 『아그네스 그레이』(앤) 같은 명작을 남겼습니다. 자매들은 처음에는 순서대로 커러 벨, 엘리스 벨, 액턴 벨이라는 가명을 쓰지요. 당시 독자들은 세 명의 '벨'이 실제로는 한 작가가 아닐까 하고 의심했다고 합니다.

2017년이면 『폭풍의 언덕』과 『제인 에어』가 발간된 지 나란히 170년을 맞습니다. 오랜 세월이 흘렀어도 사랑과 배반과 실연과 증오와 연

샬럿, 에밀리, 앤 브론테 자매의 동상

민과 동정과 질투와 복수와 회한처럼 인간이 가질 수 있는 모든 감정을 한 편에 총망라한 소설은 문학사상 『폭풍의 언덕』 외에 찾을 수 없을 거라고 단언할 수 있습니다.

광기 어린 사랑의 무대로 하워스는 완벽하기 그지없습니다. 사방이 고립되고 인구가 6,000명에 불과한 마을. 거기서도 외딴 산속에 위치한 집과 그 위로 펼쳐진 평원이야말로 모든 것을 바쳐 불사르기에 적당합니다. 사랑의 정열과 차가운 증오를 비롯해 자기 자신의 생명까지도 말입니다.

이 황무지 산골 마을을 찾는 이가 한 해에 7만 명이 넘는다고 합니다. 과연 무엇이 이들을 끌어들이는 걸까요. 브론테 일가가 거듭된 비극에도 불구하고 이곳에서 일생을 마칠 수밖에 없게 한 매력에 그들도 빠진 것 아닐까요.

사랑과 증오와 연민과 동정 같은 인간의 감정은 배경이 같은 『제인 에어』에서도 치밀하게 묘사됩니다. 제인은 숙모의 학대와 기숙학교에서의 역경을 딛고 사랑을 얻는 듯하지만 결혼 서약 자리에서 로체스터에게 숨겨진 '미친 아내'가 있다는 사실을 알고 절망해 빈손으로 집을 나와 무어하우스에서 죽을 고비를 맞지요. 다음은 제인 에어의 막막한 상황을 보여주는 소설의 한 대목입니다.

"어떻게 하지? 어디로 가야 할까? 아무것도 할 수 없고 갈 곳도 없는 마당에 이런 물음은 너무나 견디기 힘들었다. 나는 길가에 쪼그리고 앉아 풀을 만져

보았다. 바싹 말라 있긴 했지만 낮 동안 뜨거운 햇살을 받아 아직 따스했다. 하늘은 더없이 맑았으며 바람 한 점 불지 않았다. 오늘 밤은 자연의 신세를 져야겠다고 생각했다. 자연은 아무 대가도 바라지 않고 쉴 곳을 내어주리라."

이어지는 거액의 유산 상속, 사촌 오빠 세인트 존의 결혼 신청과 인도행을 놓고 벌이는 고민, 눈먼 로체스터에게 향하는 결말입니다.

"제인! 제인! 제인!"
단지 그뿐이었다. 방 안에서 들리는 소리 같지는 않았다. 집 안도 아니고 정원도 아니었다. 공기를 타고 오는 것도, 땅속이나 머리 위에서 나는 소리도 아니었다. 어디서 들려오는지 알 수 없었지만, 그것은 분명히 사람의 목소리였다. 귀에 익은, 내가 사랑하는, 너무나 선명한 기억으로 남아 있는 목소리, 바로 로체스터 씨의 목소리였다.

이곳을 찾은 작가 이문열은 다음과 같은 묘사를 남깁니다.
"폭풍우 내리치는 하워스에서 (나는) 끝 모를 사막 한가운데 홀로 섰을 때처럼, 높은 바위산 한가운데서 갑자기 뚫린 하늘을 바라보고 있을 때처럼, 인간으로부터의 한없는 격리를 느꼈다."

2

'사랑학'의 원조
제인 오스틴

『오만과 편견』을 쓴 제인 오스틴Jane Austen은 1775년에 태어나 1817년에 사망했습니다. 마흔두 해의 짧은 생애였지만, 오스틴이 문학사에서 차지하는 비중은 작지 않습니다. 그녀는 『오만과 편견』 외에 『이성과 감성』, 『맨스필드 파크』, 『엠마』 등의 주옥같은 작품을 남겼습니다.

『오만과 편견』은 18세기 영국을 무대로 남녀의 밀당을 다룬 소설입니다. '롱번'이라는 마을에 사는 베넷 부부는 딸만 다섯을 두었습니다. 주인공인 둘째 엘리자베스는 활달한 성격에 지혜로운 여성으로 나옵니다. 언니 제인은 엘리자베스와 달리 내성적이고 여성적인 인물입니다.

베넷 부부의 마을에 '빙리'라는 청년이 이사 오면서 이야기가 펼쳐집니다. 베넷 부부는 빙리에게 관심을 갖습니다. '재산깨나 있는 독신 남자에게 아내가 꼭 필요하다는 것은 누구나 인정하는 진리다'라는 소설의 도입부처럼 베넷 부인은 딸들 중 한 명을 시집보내리라는 희망에 벅찼습니다.

무도회가 열리는 날, 사람들은 술렁입니다. 빙리와 함께 온 '다아시'는 키가 훤칠하고 미남인 데다 재산도 빙리보다 훨씬 많았습니다. 소문이 퍼지자 많은 여성들이 관심을 갖지만 정작 다아시는 남들과 잘 어울리지도 않습니다.

마을 처녀들은 다아시를 오만한 인물로 여깁니다. 엘리자베스 역시 다아시의 오만한 언사에 자존심이 상합니다. 시간이 지나면서 다아시는 지혜롭고 매력적인 엘리자베스에게 연정을 품지만, 엘리자베스는 사관생도 위컴에게 마음이 끌립니다.

위컴은 다아시의 평판을 떨어뜨리는데, 여기엔 사연이 있습니다. 위컴의 아버지는 다아시 집안의 집사였고, 위컴은 다아시의 아버지로부터 사랑받아 큰돈까지 받았지만 모두 탕진하고 맙니다. 위컴은 다아시의 어린 여동생에게 남겨진 유산을 노리고 유혹하려다 다아시에게 발각됩니다.

이 사실을 모르는 엘리자베스는 위컴의 말만 믿고 자신에게 청혼한 다아시에게 면박을 줘 당황케 합니다. 나중에 오해로 밝혀지긴 하지만, 다아시가 위컴에게 저지른 행동과 언니 제인과 빙리 사이를 갈라놓은 행동을 비판하면서 청혼을 거절합니다.

다아시는 고민 끝에 진실을 밝히기로 합니다. 장문의 편지를 통해 위컴이 어떤 인물인지, 왜 자신이 제인과 빙리 사이를 갈라놓으려 했는지를 설명합니다. 그러곤 먼 길을 떠납니다. 그제야 엘리자베스는 자신이 편견을 가져왔음을 깨닫습니다.

한편 위컴은 베넷가의 막내딸 리디아와 사랑의 도피를 합니다. 위신이 깎일 대로 깎일 위기에 처한 베넷 일가지만 결말은 해피엔딩입니다. 다아시가 많은 돈을 들여 위컴과 리디아의 결혼을 주선하고 빙리와 제인의 재결합도 돕기 때문입니다. 이런 과정을 알게 된 엘리자베스는 마침내 다아시의 청혼을 받아들이지요.

단순한 연애소설 같은 『오만과 편견』에는 살펴볼 부분이 많습니다. 사랑의 환상을 그리면서도 당대의 현실을 철저히 반영했기 때문입니다.

제인 오스틴의 소설은 거의 영화나 드라마로 제작됐습니다. 『오만과 편견』은 BBC에서 드라마로 제작되어 유례없는 시청률을 기록했습니다. 남자 주인공 콜린 퍼스는 '만인의 다아시'가 됐고, 현대판 『오만과 편견』이라 할 만한 영화 「브리짓 존스의 일기」에서도 동명의 남자 주인공 역할을 맡기도 했습니다.

오스틴의 데뷔작인 『이성과 감성』은 1811년에 쓴 소설로 초고의 제목은 '엘리너와 메리앤'이었습니다. 돈과 지위가 인간을 판단하는 잣대였던 영국 사회에서 이상적인 사랑은 감성과 이성이 적절히 결합될 때 완성된다는 메시지입니다. 『오만과 편견』보다 한층 현실적인 내용을 담았고, 리안   감독이 영화로 만들기도 했습니다.

오스틴의 자전소설이라는 평을 듣는 『맨스필드 파크』는 1814년 출간됐습니다. 가난한 주인공이 부자 친척에 의해 양육되면서 사랑과 자아를 찾아가는 과정을 그립니다. 같은 제목의 영화는 1999년 몬트리올 영화제에서 감독상 후보로 올랐습니다.

오스틴이 1816년 발표한 『엠마』는 친구의 신분 상승을 위해 중매에 나선 영리한 아가씨 엠마가 정작 자기 남편감을 찾을 때는 혼란에 빠진다는 내용입니다.

『오만과 편견』을 비롯한 오스틴의 작품에는 18세기 젠트리gentry라 불리던 중소 지주 계급의 생활상, 당시 사람들의 연애관, 결혼 풍속도 가 숨은그림찾기처럼 묘사되어 있습니다.

젠틀맨의 원형인 젠트리는 우리가 아는 '신사'와 거리가 멀었고, 이 해와 타산을 따지기에 급급한 계급이었습니다.

18~19세기에 영국 여성의 지위는 어땠을까요? 여성은 결혼하는 순간부터 독립성을 포기해야 했는데 당시 영국의 보통법Common Law은 여성의 지위를 잘 보여줍니다. 기혼 여성의 지참금과 재산은 모두 남 편의 소유가 됩니다. 여성은 결혼하는 순간 자기 재산을 가질 수 없게 된다는 뜻입니다.

아이러니하게도 제인 오스틴 자신은 소설 속의 주인공들과는 정반 대의 삶을 살았습니다. 그는 햄프셔 주의 목사 아버지의 딸로 태어나 행복한 유년기를 보냈습니다. 정식 문학 수업은 받지 못했지만 작가가 될 꿈을 어릴 적부터 키워왔지요.

오스틴이 본격적인 소설 집필 활동을 시작한 것은 1789년부터라고 합니다. 『오만과 편견』의 전신인 '첫인상'의 원고를 완성해 런던의 출판 사에 보냈지만 거절당했지요. 그 후 아버지가 돌아가시자 초턴이라는 마을에 정착해 절치부심 글을 씁니다.

오스틴이 소설을 쓰던 당시는 도버 해협 건너 프랑스 혁명(1789년) 이 벌어진 시기였는데, 그때 영국 사회의 관심은 온통 '계급'과 '재산'

에 쏠려 있었습니다. 당시 영국은 아버지의 재산을 딸들이 상속받지 못했습니다. 아들이 없으면 남자 친척들이 재산을 차지했지요. 여자의 지위는 남편에 따라 좌우되었습니다. 여자의 관심은 '높은 계급의 재산 많은 남자'에게 쏠릴 수밖에 없었습니다.

그래서 속물근성을 유감없이 드러내는 엘리자베스의 어머니 미세스 베넷이 이 소설의 진짜 주인공이라고 주장하는 사람도 있습니다. 미세스 베넷 같은 어머니들은 우리 주변에도 수두룩하지요.

미스터 베넷은 또 어떻습니까. 교양 없는 아내를 점잖게 꾸짖으면서도 아내에게 소극적으로 끌려다닐 뿐입니다. 호들갑을 떠는 아내를 한심하다는 듯 쳐다보면서도 내심 딸들의 결혼에 신경을 쓰는 것은 아버지의 숙명과도 같습니다.

아무도 다루지 않았던 당시의 실상을 적나라하게 묘사함으로써 오스틴은 다른 소설가들을 불편하게 만듭니다.『톰 소여의 모험』을 쓴 미국 작가 마크 트웨인은 오스틴을 유행을 따르는 '세태 작가'라고 혹평하기도 했습니다.

연애에 관한 세밀화를 그릴 정도였던 오스틴이 평생 결혼하지 않고 독신으로 보냈으며, 죽을 때까지 형제나 친척이나 친구의 집을 전전했다는 사실은 놀랍습니다.

『오만과 편견』의 주인공 엘리자베스의 모델이 오스틴 자신이었다고 합니다. 작가 스스로 평소 "엘리자베스에게 가장 애착을 가지고 있다"

"왜 지금의 행복을 잡지 못하는가?
우리가 미래에 올지도 모를 행복을 준비하느라
눈앞의 행복을 얼마나 많이 망쳐버렸는가."

- 제인 오스틴

Why not seize the pleasure
at once? How often is
happiness destroyed by preparation,
foolish preparation.

Jane Austen

고 밝힌 적이 있으니 오스틴은 자신의 지혜와 재치를 엘리자베스에게 투영시켰겠지요.

제인 오스틴이 살았던 햄프셔 주의 초턴을 찾아가봅니다. 초턴은 작은 시골 동네로 제가 있던 옥스퍼드에서 가려면 기차로 윈체스터까지 간 뒤 버스로 갈아타고 40분을 더 가야 합니다.

초턴으로 가는 날은 비가 세차게 내렸습니다. 윈체스터 역에 내려 버스 정류장으로 가는 길을 찾는데 아랍풍으로 생긴 운전사가 미소를 지으며 차를 댑니다.

"어디에서 오셨어요?" "사우스 코리아? 오우, 나의 형제구먼. 난 터키에서 왔어요. 전쟁(6·25) 때 우리가 도와줬잖아요." "그런데 그 길은 너무 멉니다. 내가 싸게 요금을 받을 테니 그냥 편히 가세요……." 흥정 끝에 편도 45파운드가 35파운드로 줄어듭니다. 그렇게 도착한 오스틴의 생가는 660제곱미터(약 200평)가량 됩니다. 오스틴이 살던 곳에서 볼거리를 찾는다면 적잖이 실망할 겁니다. 침실과 당시 의상을 소박하게 전시해놓은 공간, 오스틴의 가계도, 책상이 띄엄띄엄 놓여 있을 뿐입니다.

터키인 택시 운전사는 "30분만 지나면 지루할걸요. 내가 기다려줄게요"라고 말했습니다. 이곳을 방문한 외국인들이 "볼 게 없다"며 투덜대는 모습을 봐왔기 때문일 겁니다. 하지만 저는 그곳에서 세 시간

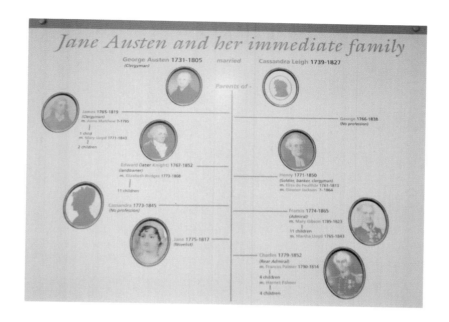

이상 머물렀습니다. 오스틴이 글을 썼던, 작은 원형 차탁에 불과한 책상 등을 둘러보는데 밖에서는 비가 내리고 있었습니다. 마지막으로 우리는 오스틴의 언니 이름과 똑같은 카산드라 카페에서 몸을 녹이고 발길을 돌렸습니다.

3

호수에 드리워진
위대한 사랑의 밀어,
워즈워스

여기 적힌 먹빛이 희미해질수록
그대를 향한 마음 희미해진다면
이 먹빛이 하얗게 마르는 날
나는 그대를 잊을 수 있겠습니다
초원의 빛이여
꽃의 영광이여
다시는 돌아갈 수 없다 해도 서러워 말지어다
차라리 그 속 깊이 간직한 오묘한 세월을 찾으소서……

1961년 만들어진 영화 「초원의 빛」에 등장하는 시입니다. 시 제목
역시 「초원의 빛」Splendor in the grass」이지요. 이 시는 영국 계관시인 윌리
엄 워즈워스William Wordsworth가 쓴 원문과 다릅니다.

조병화 시인이 영화에 나오는 시를 번역했다고 하는데, 원문과 비
교하면 어느 것이 더 서정적인지 알 수 없을 정도입니다. 문학에서 의
역이 창작이 되는 사례라고 봅니다.

영문학은 화려하게 개화합니다. 『실낙원』의 존 밀턴, 풍자의 대가 존 드라이든, 『천로역정』의 존 버니언 등이 나오지만 주인공은 따로 있습니다. 낭만주의 시의 거장 윌리엄 워즈워스입니다. 워즈워스 이후 영문학은 비평가 찰스 램, 소설가 월터 스콧, 제인 오스틴, 시인 퍼시 셸리, 존 키츠, 조지 고든 바이런 같은 '스타'들을 양산합니다.

이후 토머스 칼라일, 존 스튜어트 밀, 존 러스킨 같은 사상가 겸 문학가와 브론테 자매, 찰스 디킨스, 조지 엘리엇, 토머스 하디, 알프레드 테니슨이 등장하며 영문학은 세계문학의 주류가 됩니다.

앞서 워즈워스가 계관시인이라고 했습니다. 이 명칭은 고대 그리스와 로마 시대에 빼어난 시인에게 명예의 상징으로 월계관을 씌워준 데서 유래하지요. 영국에서 계관시인은 종신제이며 지금은 총리의 추천으로 임명됩니다. 그들은 일정한 연봉을 받으며 왕실의 경조사 때 시를 지어야 했지만 지금은 그런 의무를 지지 않습니다.

잉글랜드와 스코틀랜드가 맞닿은, 서쪽 중간 패인 곳 내륙에 '더 레이크The Lake'라는 지방이 있습니다. 고속도로를 타고 가다보면 '더 레이크', '레이크 디스트릭트Lake District'라는 팻말이 자주 보입니다.

여행 가이드북 『론리 플래닛』은 '잉글랜드에서 걷기의 심장과 영혼이 있다면 그곳은 바로 레이크 디스트릭트'라고 소개합니다. 컴브리아Cumbria 주에 있는 레이크 디스트릭트는 우리 식으로 말하자면 국립공원입니다.

동서 50킬로미터 남북 40킬로미터의 넓이에, 윈더미어Windermere를 비롯한 16개의 호수가 깊은 계곡과 높은 산에 둘러싸여 있어 1년 내내 관광객의 발길이 끊이지 않는 곳입니다. 이곳이 유명해진 것은 경치가 아름답기 때문만은 아닙니다. 워즈워스를 비롯해 키츠, 셸리, 러스킨 같은 문학가들이 여기서 영감을 받아 불멸의 작품을 낳았기 때문입니다.

워즈워스는 자신의 작품 생활을 도운 동생 도로시와 이곳의 호수인 얼스워터Ullswater를 걸으며 다음과 같은 명작을 낳습니다.

골짜기와 언덕 위 높은 하늘의
구름처럼 외로이 떠돌다
문득 한 무리를 보았네
호숫가 나무 아래
미풍에 하늘하늘 춤추는
한 무리 황금빛 수선화를

은하수에 반짝이는
별들처럼 이어져
수선화는 굽이진 물가 따라
끝없이 열 지어 피어 있었네
얼핏 보아 천만 송이

머리 까닥이며 흥겹게 춤을 추었네
곁에서 물결도 춤추었지만
그 은빛 물결 흥에서는 못 미쳤네
어찌 시인은 즐겁지 않으리
보고 또 보았지만 그 정경
얼마나 보배로운지 미처 몰랐네

가끔 멍하니 혹은 깊은 생각에 잠겨
자리에 누워 있노라면
고독의 축복인 마음의 눈에
홀연 번뜩이는 수선화들
그때 내 가슴 기쁨에 넘쳐
수선화와 함께 춤을 추네

워즈워스의 대표적인 시 「수선화Daffodils」입니다. 여행할 때를 제외하곤 워즈워스가 평생을 보낸 레이크 디스트릭트는 그에겐 숙명 같은 땅입니다. 그는 1770년 코커머스Cockermouth에서 변호사 아버지 존 워즈워스의 다섯 형제 중 둘째로 태어났지만 어려서 부모를 잃습니다. 워즈워스는 큰아버지 밑에서 고독한 소년기를 보냅니다.

코커머스는 현재 자연보호 민간단체인 내셔널 트러스트가 관리하고 있습니다. 작은 정원 앞에 돌로 된 대문이 세워져 있으며 옆에는 카

저녁 무렵 레이크 디스트릭트의 들판

골짜기와 언덕 위 높은 하늘의
구름처럼 외로이 떠돌다
문득 한 무리를 보았네
호수가 나무 아래
미풍에 하늘하늘 춤추는
한 무리 황금빛 수선화를……

- 윌리엄 워즈워스

페 겸 티켓 판매소가 있습니다. 안으로 들어가면 부모의 침대와 아이들 방이 보존되어 있지요. 홍수가 나서 집이 잠기는 바람에 개보수를 거쳤기 때문인지 250여 년 전의 집 같지는 않았습니다.

집 뒤쪽에 꽃들이 만발한 정원이 있는데, 담장으로 나뉘어져 있습니다. 나무 벤치가 몇 개 있고 워즈워스가 살았던 18세기 정원을 재현하겠다며 내셔널 트러스트 소속 정원사들이 지금도 꽃을 가꾸는 모습이 인상적입니다.

자그마한 돌이나 항아리, 혹은 낡은 화분에 다양한 꽃들을 심어놓고 나무 팻말에 워즈워스의 시 한 구절을 적어놓았습니다. 그것 자체가 아름다운 풍경이 됩니다. 정원 바로 뒤로 작은 강이 흐릅니다.

워즈워스는 큰아버지의 도움을 받아 1787년 케임브리지 대학 세인트존스 칼리지를 졸업하고 1791년 프랑스로 건너갑니다. 혁명의 열기로 타오르던 프랑스를 경험한 뒤 1792년 영국으로 돌아옵니다.

워즈워스는 1799년, 생가에서 자동차로 30분 거리인 그래스미어Grasmere의 도브 코티지Dove cottage라는 곳에 정착합니다. 이곳에서 워즈워스는 1802년에 동생 도로시의 친구였던 메리 허친슨과 결혼해 자식 셋을 낳습니다. 도브 코티지 역시 내셔널 트러스트가 1890년부터 관리하고 있습니다. 집 옆에 기념관이 있습니다.

기념관에서는 내부 촬영을 금지하고 있으며, 일본의 단카短歌와 하이쿠의 명인 마츠오 바쇼松尾芭蕉와 관련된 전시물이 많았습니다. 바쇼는 워즈워스를 흠모했다는데, 그래서인지 일본인 관광객들도 많이 눈

"벌들은 윙윙거린다."
도브 코티지의 정원 곳곳에는 시가 적힌 돌판이 있다.

에 띄었습니다.

동생 도로시와 함께 살았던 이곳은 뒤는 산, 앞에는 호수가 내려다 보이는 조용한 시골 마을입니다. 이곳에서 워즈워스는 안정되고 행복한 시기를 보냅니다. 대표작이 대부분 여기서 쓰였지요.

정원에서 강낭콩과 완두콩을 키우며 시상을 가다듬었는데 그게 한 알의 밀알이 되었는지, 지금도 시를 사랑하는 이들의 발길이 끊이지 않습니다. 아침저녁 벽난로의 연기가 굴뚝을 통해 솟아 나오는 마을의 광경은 동화 속 장면과 비슷합니다.

워즈워스는 1813년 도브 코티지에서 자동차로 5분 거리인 라이달 마운트Rydal mount에 정착합니다. 라이달 마운트는 말 그대로 야트막한

"힘들 땐 언제든 이곳에 멈춰 쉬어라.
마치 안식처인 것처럼."
도브 코티지 입구에 적힌 문구

언덕 위에 있는 집입니다. 1850년 워즈워스가 사망할 때까지 37년을 산 곳이어서, 13년을 산 고향 코커머스나 8년을 살았던 도브 코티지보다 워즈워스의 자취가 훨씬 풍기는 곳입니다. 그곳의 나이 든 여성 관리인에게 말을 건넸습니다.

"한국에는 라이달 마운트가 생각보다 잘 알려지지 않았습니다"라고 말하자 놀란 표정을 지으면서 워즈워스의 손때가 묻은 책상, 서재, 의자를 가리키며 집 앞의 정원을 마음껏 감상하라고 권하더군요.

짧아진 영국의 석양이 자그마한 마을 뒤편으로 사라지자 사위가 어둠에 잠깁니다. 고속도로로 향하는 길에 '엠블사이드'라는 마을을 지나게 됐습니다. 호수를 끼고 있으며 자그마한 B&B들이 즐비한 곳입니다. 아기자기한 상점과 음식점, 호텔이 모여 있습니다. 화이트 라이온 호텔 펍에서 피시 앤 칩스에 페로니 맥주를 곁들여 마셨습니다. 나이 든 페인트공이 맥주잔을 들며 인사를 해오네요. 영국의 호텔 식당은 카페와 가격 차이가 크지 않아 누구나 쉽게 이용할 수 있습니다. 어둠 속 펍의 야외 탁자에서 그들과 스스럼없이 이야기를 나눴습니다.

4

해리 포터의 원조
베아트릭스 포터

『피터 래빗』 시리즈의 주인공들은 특징이 있습니다. 피터 래빗은 개구쟁이, '제미마 퍼들덕'은 자기를 해치려는 여우의 속임수에 잘 넘어가는 순진하고 귀여운 오리입니다. '티기 윙클 부인'은 앞치마와 머리에 쓴 수건 밖으로 가시가 튀어나왔지만 마음씨 좋은 세탁부 아줌마 고슴도치이며, '넛킨'은 수수께끼를 좋아하는 귀여운 다람쥐인데 하나같이 인간을 닮았습니다.

이 동화를 만든 베아트릭스 포터 Beatrix Potter 는 1866년 7월 28일 영국 런던 켄싱턴의 볼턴 가든에서 태어났습니다. 아버지는 방적 공장을 운영한 부유층이었지요.

베아트릭스는 동생 버트와 여섯 살 터울인데도 사이가 아주 좋았습니다. 남매는 그림에 소질을 보였고, 특히 동물을 좋아했습니다. 부모는 영국인답게 개를 길렀고, 남매는 토끼와 쥐와 개구리와 도마뱀과 달팽이와 박쥐를 보며 자랐지요.

남매는 학교에 다니지는 않았지만 런던의 갤러리에서 영감을 받으며 자랐습니다. 앨버트 미술관이나 켄싱턴 박물관에 갈 때면 하루 종

어릴 적의 베아트릭스 포터. 동물을 좋아해 개부터 도마뱀까지 길렀다.

일 그림을 그렸는데 베아트릭스의 색채 감각은 발군이었습니다.

베아트릭스 남매에게 가장 흥미진진한 기간은 여름철이었습니다. 처음 베아트릭스 남매가 여름을 보내던 곳은 스코틀랜드의 퍼스였습니다. 그곳에는 런던보다 많은 동물이 자연 속에 뛰놀고 있었지요. 나중에는 레이크 디스트릭트에 집을 마련했습니다. 사춘기의 베아트릭스는 이곳에 마음을 완전히 빼앗기지요.

베아트릭스는 15세 때부터 자신만 아는 비밀 코드를 사용해 일기를 썼습니다. 나중에 다시 읽으면 자기도 알아보기 힘들었지만, 이것은 내성적인 그녀가 자신만의 세계를 가꾸는 공간이 됩니다. 돋보기로 들여다봐야 할 만큼 깨알 같은 글씨로 쓰인 암호 일기가 해독된 것은 그녀가 죽은 지 15년이 지난 뒤였습니다.

그녀의 첫 목표는 진균학을 공부하는 것이었습니다. 20대 후반에 이미 포자 발아 이론을 정립했으며 관련 논문을 런던의 린네협회에 제출할 정도였습니다. 성차별이 심한 시대였기에 정작 저자인 베아트릭스가 발표를 하지는 못했습니다. 베아트릭스는 여성으로서의 한계를 절감하지요. 실망한 베아트릭스는 동화 작가가 되기로 마음먹는데 27세 때 '운명'이 찾아옵니다. 그녀를 가르쳤던 가정교사의 아들이었습니다.

가정교사의 아들 노엘 무어가 아프다는 소식에 베아트릭스는 '뭔가 해줄 게 없을까' 하고 궁리하던 중 편지를 보냅니다. "네게 들려줄 소식은 없지만 대신 이야기를 들려줄게. 옛날 옛적에……"로 시작하는 편지였습니다. 모두 네 장인 편지에는 흑백 그림이 그려져 있었다고 합니다. 아이가 이 편지를 너무 좋아하자 스토리는 계속 이어졌고 이것이『피터 래빗』으로 발전하게 됩니다. 사랑이 빚은 명작인 셈입니다.

『피터 래빗』시리즈가 컬러판으로 출간되자 미국에서도 출판 요청이 들어왔으며, 첫사랑 노먼 워런도 만나게 됩니다. 워런은 출판사 편집자였습니다.

어릴 적부터 뛰놀던 레이크 디스트릭트로 거주지를 옮긴 뒤 베아트릭스는『피터 래빗』이야기로 번 돈과 자기에게 주어질 부모의 유산을 합쳐 아주 넓은 면적의 땅과 농장과 집을 구입합니다.

베아트릭스는 어릴 적 보았던 자연이 고스란히 남아 있기를 원했습니다. 그가 사들인 땅은 농장 14곳과 집 20채로 4,000에이커에 달했습니다. 4,000에이커는 대략 16제곱킬로미터(500만 평)에 해당하는 넓이로 대단한 규모였습니다.

레이크 디스트릭트로 집을 옮긴 그해, 노먼 워런은 베아트릭스에게 청혼하지만 사랑은 이루어지지 못했습니다. 청혼한 지 한 달 뒤 노먼 워런이 백혈병으로 갑작스럽게 숨졌기 때문이지요. 베아트릭스의 충격은 상상할 수 없을 만큼 컸습니다.

베아트릭스의 삶을 소재로 한 영화가 2006년 개봉되어 화제가 된 적이 있습니다. 르네 젤위거가 베아트릭스 포터 역을, 이완 맥그리거가 노먼 워런 역을 맡은「미스 포터」입니다.

천부적 재능을 지닌 베아트릭스는 무한한 상상력으로 동물들과 친구가 되지만 세상 어느 누구도 그것을 알아주지 않습니다. 우연히 서

점에서 포터의 책을 본 편집자 노먼이 그녀를 찾아가면서 사랑이 시작된다는 내용입니다.

영화 포스터가 두 사람의 관계를 명료하게 보여줍니다. '남들과 다른 천부적 재능을 가진 그녀, 세상에서 그녀를 알아봐주는 단 한 사람. 우연은 운명을 만들고 사랑은 세상의 전부가 된다.'

현실에서는 노먼의 죽음으로 충격을 받은 베아트릭스가 집을 힐탑Hill top으로 옮깁니다. 힐탑의 저택은 그녀의 동화 속에 고스란히 살아 있습니다. 1907년에 나온 『고양이 톰』에서는 정원이, 1908년에 나온 『제이미 파 퍼들』이라는 오리 이야기에서는 농장 관리인 존 캐논의 아내와 아이들이 등장합니다.

1909년 출간된 『생강과 피클』은 마을 상점을 운영하는 노인들의 경험담을 바탕으로 했습니다. 노인들은 겨우내 자신들의 이야기를 베아트릭스에게 들려줬다고 합니다.

베아트릭스는 레이크 디스트릭트에서 땅을 사들일 때 조언을 해주던 변호사 윌리엄 힐리스와 결혼합니다. 1913년 런던에서 결혼식을 올린 뒤 다시 힐탑으로 돌아온 그녀는 자기 동화에 매료되어 찾아오는 아이들을 위해 집에서 열심히 토끼를 키웠습니다. 이렇게 한가롭게 보내는 동안 그녀는 세계적으로 유명한 작가가 됩니다.

베아트릭스가 유명해진 것은 『피터 래빗』이라는 동화 때문만은 아닙니다. 그녀는 동화의 배경이 된 16제곱킬로미터(500만 평)에 이르는 땅과 농장과 집을 내셔널 트러스트에 기증하면서 딱 한마디 유언을 남깁니다. "자연 그대로 이 땅을 잘 보존해달라."

지금까지도 내셔널 트러스트는 포터가 남긴 유언을 지키고 있습니다. 그녀의 사후 3년 뒤인 1946년부터 공개된 힐탑의 저택은 관광객들의 필수 코스가 됐습니다. 그 외에도 포터의 자취가 남은 곳은 많습니다.

레이크 디스트릭트에서 가까운 호크헤드Hawkhead라는 작은 마을은 베아트릭스 포터 때문에 생계를 유지한다고 해도 과언이 아닙니다. 마을 전체에 피터 래빗 인형이 있으며 분홍색 건물이 환상을 자아내지요.

앰블사이드Ambleside라는 아름다운 마을에는 『피터 래빗』과 관련된 소규모 도서관이 있습니다. '베아트릭스 포터의 세계'라는 곳에는 동화

에 등장하는 캐릭터들이 조각상으로 되살아나 어린이에게는 꿈을, 어른들에겐 추억을 되새기게 합니다. 스토리텔링 산업은 영원히 지속된다는 것을 일깨워주기도 합니다. 제가 조선일보에 쓴 칼럼의 한 부분을 인용하며 베아트릭스 포터에 대한 감상을 마칠까 합니다.

"20세기 말과 21세기 초 영국의 최대 히트작은 조앤 K. 롤링의 『해리 포터』 시리즈다. 그 '포터'라는 이름은 베아트릭스 포터의 이름에서 유래됐다. 1866년생 베아트릭스 포터는 어릴 적부터 집에서 토끼, 개구리, 고슴도치, 박쥐를 길렀다.

16세 때인 1882년 베아트릭스가 북서부 '레이크 디스트릭트'로 가 마음껏 동물을 살피다 만든 게 동화 『피터 래빗』이다. 부모가 공부하라고 닦달했다면 이 불후의 명작은 없었을 것이며 훗날의 롤링도 없었을 것이다.

롤링이 1532년 헨리 8세가 만든 옥스퍼드대 크라이스트 처치에 가보지 않았다면, 1852년 개업한 런던 킹스크로스 역을 보지 못했다면 『해리 포터』의 명장면은 없었을 것이다. 흥미로운 스토리텔링은 국가 역량의 집합체다. (……) 우리가 근대화한다며 모든 걸 싹 밀어버릴 때 샬럿과 에밀리 브론테가 걷던 워더링 하이츠 가는 길 돌담에 이끼가 낄 때까지 기다렸으며, 우리가 눈 돌리면 잊는 사이버 잡담에 한눈팔 때 종이신문을 들췄던 것이다. 그렇게 만들어진 게 바로 셜록 홈스와 스크루지와 햄릿과 피터 래빗과 해리 포터다."

5

셜록 홈스가 있는
런던 베이커 가
221B번지를 찾아서

소설가들은 탐정과 형사를 자주 주인공으로 다루지요. 인간의 내면과 가장 밀접히 닿아 있는 게 범죄인데 이 직업군이 거기 근접해 있기 때문입니다.

여러분은 세계에서 가장 유명한 연쇄살인마 '잭 더 리퍼'를 아십니까. 1888년 당시 런던의 동쪽 끝인 이스트엔드는 노동자, 걸인, 매춘부 등 밑바닥 인생이 엉켜 사는 어두운 마을이었습니다.

그곳 화이트채플 주변에서 의문의 연쇄살인사건이 벌어지는데, 런던 경찰국의 별칭인 '스코틀랜드 야드'에 편지 한 장이 도착하며 긴장이 고조됩니다. 범인을 자처하는 잭 더 리퍼가 보낸 것입니다. 그 내용은 이렇습니다. "유대인들은 아무 책임이 없다(The Jewes are The men That Will not be Blamed For nothing)."

영구 미제 사건으로 남을 뻔했던 잭 더 리퍼 사건의 진범이 126년 만에 드러났다고 주장하는 사람이 있습니다. 아마추어 탐정 러셀 에드워즈가 최근 발간한 책『네이밍 잭 더 리퍼』에서 폴란드 출신의 유대계 이발사 아론 코스민스키를 지목한 겁니다. 반론도 만만치 않습니다. 에드워즈가 이발사를 범인으로 본 것은 현장에서 수습한 체액과

요도의 상피세포 때문입니다. 그것으로 DNA 검사를 해보니 코스민 스키였다는 거지요.

그런데 그보다 앞서 범인을 지목한 사람이 있습니다. 왓슨 박사입니다. 그는 "셜록 홈스가 바로 잭 더 리퍼"라고 했는데, 알다시피 왓슨은 탐정의 대명사인 셜록 홈스의 조수였습니다. 왓슨이 친구를 범인으로 지목했다는 픽션이 나왔다는 것은 홈스가 그만큼 유명하다는 반증입니다.

이런 픽션이 나온 것은 홈스가 탐정으로 활동하던 시기와 잭 더 리퍼의 활동 시기가 겹쳤기 때문입니다. 실제로 코넌 도일Arthur Conan Doyle은 스코틀랜드 야드의 자문 요청을 받아 잭 더 리퍼로 추정되는 용의자를 간추리는 것을 돕기도 했습니다. 홈스가 훗날 망신당할 것을 염려한 탓인지 본인의 소설에서 잭 더 리퍼를 등장시키지 않았기에 세기의 탐정과 세기의 범죄자 간의 만남은 이루어지지 않습니다.

영국에는 유명한 탐정이 많습니다. 작고 땅딸막한 체구에 커다란 챙의 모자, 우중충한 날씨를 못 미더워하는 우산. G. K. 체스터튼은 뒷모습의 실루엣만으로도 모두를 흥분시키는 탐정, 브라운 신부를 탄생시켰습니다. 체스터튼의 소설에는 스트랫퍼드 역, 리버풀 가, 투프넬 공원, 런던 북쪽의 녹지 햄스테드 히스 등이 무대로 나옵니다.

영국의 탐정소설 작가 가운데 빼놓을 수 없는 사람이 애거사 크리스티입니다. 대표작은 『나일 살인사건』, 『오리엔트특급 살인사건』, 『캐리비안 미스터리』 등입니다. 크리스티 여사의 소설 가운데 가장 대표적인 주인공 전직 벨기에 경찰 에르퀼 푸아로는 런던에 살고 있는 것으로 나옵니다. 차터하우스 스퀘어 Charterhouse Square에 있는 플로린 코트 Florin Court로, 1936년에 지은 아파트입니다.

그렇지만 브라운 신부와 푸아로 탐정도 셜록 홈스의 명성에는 미치지 못합니다. 셜록 홈스와 왓슨 박사의 관계는 『주홍색 연구』에서부터 시작합니다. 대학에서 2년을 보낸 후 런던으로 올라온 셜록 홈스와 갓 제대한 상이군인 존 H. 왓슨은 런던의 살인적인 집세와 각자의 허전한 주머니 사정을 이유로 하우스메이트가 됩니다. 베이커 가 221B 번지에서 말이지요.

코넌 도일은 영국 문학가 가운데 특이하게도 런던에서 거의 살지 않았던 인물입니다. 그는 대부분의 생애를 고향인 스코틀랜드에서 보냈지요. 그는 1859년 5월 22일 에든버러에서 태어났습니다. 아홉 자녀 중 둘째로 어렸을 적에 가정 형편이 매우 좋지 않았다고 합니다. 아버지 찰스 도일은 공무원으로 지내다가 해직된 뒤 알코올 중독자가 되었습니다. 거기다 간질까지 앓았기에 어린 코넌 도일은 학교 대신 집에서 어머니에게 교육을 받아야 했지요.

코넌 도일은 예수회 계열의 학교를 다니다 1876년 에든버러 의대에 들어가 1881년 졸업합니다. 코넌 도일은 의학 공부를 하면서도 가족의 생계를 위해 안 해본 일이 없었습니다. 그린란드로 가는 포경선에 선원을 돌보는 의사로 동행하기도 합니다.

몇 차례 병원도 개업했지만 동업이 깨지거나 환자가 사망하면서 의사로서 명성을 얻지는 못했습니다. 다행스러운 사실은 그러면서도 글쓰기를 멈추지 않았다는 것입니다. 그는 1879년부터 1887년까지 30편의 단편소설을 집필했습니다.

코넌 도일의 삶이 바뀐 것은 39세 때 조지프 벨이라는 의학박사를 만난 뒤부터입니다. 조지프 벨은 동료 의사들조차 놀랄 만큼 관찰력이 뛰어났고 거기서 얻은 단서들로 연역적인 결론을 이끌어내는 데 탁월한 능력을 보였습니다. 코넌 도일은 조지프 벨의 조수로 지내며 벨의 능력을 마음껏 익힙니다. 그때의 경험이 훗날 셜록 홈스의 바탕이 됐습니다.

1892년 코넌 도일은 벨에게 다음과 같은 편지를 보내지요.
"제가 셜록 홈스를 창조한 것은 확실히 선생님 덕분입니다. 병실과는 달리 소설 속에서는 탐정이 온갖 극적인 입장에 놓일 수 있다는 이점이 있음에도 저는 그(셜록 홈스)의 분석이 선생님께서 외래환자 병동에서 보여주신 분석을 능가한다고는 전혀 생각지 않습니다."

코넌 도일은 1924년 펴낸 자서전에서 더 깊은 고백을 합니다.

"에드거 앨런 포의 탐정 뒤팽은 소년 시절부터 내가 사랑해온 주인공 가운데 하나였다. '나도 내 주인공을 만들 수 있을까?' 이런 생각을 하며 옛 선생님 조지프 벨을 떠올렸다. 그분의 독수리 같은 얼굴, 오묘한 방법들, 사소한 것들을 분별해 내는 등골 오싹한 솜씨가 떠올랐다."

코넌 도일이 작가로서 명성을 확립한 것은 언제일까요? 1886년 출판된 『주홍색 연구』로 받은 돈은 겨우 25파운드였지만, 1891년 발표된 「보헤미아 왕실 스캔들」과 「빨간머리 연맹」 이후 본격적으로 성공가도를 걷기 시작합니다.

「보헤미아 왕실 스캔들」은 화제를 불러일으켰습니다. 같은 해 후속편이 실린 《스트랜드 매거진》은 종전보다 10만 부나 더 팔렸다고 합니다. 이에 힘입어 코넌 도일은 1892년 6월까지 열두 편의 단편을 발표하고 이것을 모두 묶어 『셜록 홈스의 모험』이라는 단행본으로 냅니다.

1893년 12월 코넌 도일이 『마지막 문제』를 발표하고 셜록 홈스가 사망한 것이 밝혀지자 영국 전체가 들썩였습니다. 젊은이들은 애도의 표시로 모자에 검은 리본을 달거나 완장을 차고 다녔고, 독자들은 코넌 도일을 비난하는 편지를 보냈습니다.

셜록 홈스 덕분에 톡톡히 재미를 보았던 《스트랜드 매거진》도 2만 명이 정기 구독을 취소하자 타격을 받았습니다. 코넌 도일의 어머니조차 홈스에 대한 독자들의 광적인 집착을 불평하던 아들에게 "그래, 그런데 홈스는 왜 죽였니?"라고 넌지시 꾸중했을 정도였다니 더 말할 나위가 있을까요.

위대한 탐정의 죽음에도 불구하고 셜록 홈스 시리즈는 끊임없이 팔려 나갔습니다. 성공 가도를 질주할 즈음 코넌 도일에게는 불행이 찾아옵니다. 아내 루이즈가 결핵 진단을 받은 것입니다. 당시 결핵은 불치병이나 마찬가지였습니다. 결핵 판정을 받은 후 부부는 병을 치료하기 위해 세계 곳곳을 여행했고 그것은 코넌 도일의 작품 세계를 넓혔습니다.

1895년 부부는 이집트 카이로에 갔는데, 그때의 경험이 1898년 작 『코르스코의 비극』을 낳게 했습니다. 코넌 도일은 아프리카에 반했는지 수단에서 반영 무장봉기가 일어나자 《웨스트민스터 가제트》 신문의 종군기자로도 활약했습니다.

셜록 홈스를 소설 속에서 죽은 것처럼 만든 뒤 코넌 도일은 보어전쟁을 경험하거나 연극의 희곡을 쓰거나 국회의원으로 출마해 낙선하는 등 외도를 거듭하다가 1901년 8월, 그의 대표작인 『바스커빌가의 개』로 컴백합니다.

그 이후 발표한 작품들이 『돌아온 셜록 홈스』라는 단행본으로 출간되는데 '그전의 작품보다 못하다'라는 평을 받습니다. 「여섯 개의 나폴레옹 석고상」, 「토르 교 사건」 등은 명작으로 꼽히지만, 통렬하고 예리한 추리의 날이 무뎌진 것처럼 보인 것은 말년에 도일이 심령술에 심취한 것과 함께 홈스에 대한 애정이 한풀 꺾였기 때문이 아닐까요.

코넌 도일은 이후 셜록 홈스 시리즈 외의 작품도 내놓는데 이것은 그가 '탐정소설 작가'라는 범주에 머물고 싶지 않았음을 보여줍니다. 코넌도일협회의 창시자인 크리스토퍼 로든은 "코넌 도일이 영문학에 기여한 바가 막대하다"라고 말했습니다.

코넌 도일 본인 역시 셜록 홈스 시리즈보다는 장편 역사소설 『백의 결사』, 『나이젤 경』, 『망명자들』, 『커다란 그림자』를 가장 자랑스러워했습니다. 영화 「쥬라기 공원」 시리즈도 도일의 작품인 『잃어버린 세계』를 기반으로 만들어졌을 정도로 문학사에 끼친 도일의 영향은 막대합니다. 안타깝게도 이런 작품들은 거의 잊혀가고 있습니다.

베이커 가에 위치한 셜록 홈스 박물관

코넌 도일은 소설에서 셜록 홈스가 사는 곳을 '베이커 가 221B번지'로 설정했습니다. 실제로 베이커 가에는 이런 번지수가 없지만 열혈 독자들은 홈스가 그곳에 살고 있다고 굳게 믿었습니다.

앞서 언급한 항의 편지도 이 주소로 쇄도했습니다. 홈스에게 보내는 팬레터나 사건을 의뢰하는 편지는 소설 속 주소와 가장 가까운 애비 내셔널 뱅크 Abbey National Bank로 보내졌는데, 지금은 바로 이 거리 북쪽에 있는 셜록 홈스 박물관으로 전달된다고 합니다.

셜록 홈스 박물관 바로 옆이 241~243번지이고 3층 건물 안의 전시물들도 권총과 돋보기, 낡은 책들이 대부분입니다. 4편의 장편과 56편의 단편에 매료된 애호가들, 즉 '셜로키언 Sherlockian'이 보면 조금 실망스럽지 않을까요?

6

크리스마스가 되면
생각나는
찰스 디킨스

크리스마스가 다가오면 떠오르는 소설가가 있습니다. 본명 찰스 존 허펌 디킨스Charles John Huffam Dickens, 약칭 찰스 디킨스라고 부르지요.

찰스 디킨스의 대표작은 『크리스마스 캐럴』입니다. 1843년 12월 17일 이 작품을 쓴 이후 디킨스는 5년 연속 크리스마스 이야기를 발표합니다. 소설의 주인공은 구두쇠 '스크루지Ebenezer Scrooge'입니다.

스크루지는 크리스마스 전날 밤 먼저 세상을 뜬 동업자 말리의 유령을 만나 자신의 과거·현재·미래의 모습을 봅니다. 그제야 자기 죄를 뉘우치고 인간답게 변해 주위에 자선을 베푸는 내용입니다.

스크루지라는 이름은 구두쇠screw와 사기꾼gouge의 합성어입니다. 평론가들에 따르면 이 단편의 원형은 서양 민담에 나오는 악귀 '교회 지기를 홀린 고블린'인데, 『아라비안나이트』의 영향도 받았다고 합니다.

『크리스마스 캐럴』의 가치는 서양에서 잊혀가던 크리스마스의 전통이 이 소설 한 편으로 되살아났다는 데 있지요. 지금으로서는 상상이 안 되지만 계관시인 로버트 사우디는 1807년 이런 말을 남깁니다.

"모두가 자기 아버지 시대의 크리스마스와 지금 크리스마스가 얼마나 다른지 이야기하면서 예전의 의식이라든지 축제 분위기는 사라졌다고 말한다."

다른 계관시인 로드 제프리는 디킨스가 크리스마스에 대한 관심을 불러일으키자 이런 감사 편지를 보냈지요. "신의 은총이 가득하기를. 사람들에게 선한 감정을 일으키고 행동으로 옮기게 한 이 소설은 어느 기독교 성직자나 설교자의 말보다 더 큰 힘을 발휘했습니다."

서양에서 왜 크리스마스가 잊혀갔을까요. 시대 상황 때문이었습니다. 1837년 빅토리아 여왕이 즉위하기 전까지 영국은 '경제적 궁핍과 사회적 불안이 널리 퍼져 있던 시대', 즉 고통의 계절이었습니다.

빅토리아 여왕이 즉위한 후, 이러한 상황을 식민지 개척을 통한 세력 팽창으로 타개하려던 찰나, 디킨스가 이 소설을 내놓습니다. 이것은 짧은 글 한 편도 사람들이 과거를 회상하고 현재를 반성하며 미래를 바꿔갈 수 있다는 것을 보여줍니다.

시대 분위기를 『크리스마스 캐럴』이 바꾸자 신문 《픽토리얼 타임스》에는 소설이 나온 지 6일 후인 1843년 12월 23일에 다음과 같은 사설이 등장합니다. '추운 오두막에서 초라한 식탁을 마주하고 있는 사람들과 노숙자를 생각하자.'

유럽의 크리스마스는 상상을 초월합니다. 한 달 이상 크리스마스의 열기가 지속됩니다. 이런 분위기를 만드는 데 결정적 역할을 한 『크리스마스 캐럴』은 한 해도 출판을 멈춘 적이 없습니다. 내용은 같지만

디킨스의 캐리커처

장정과 삽화가 매년 바뀝니다. 인류가 존속되는 한 매년 크리스마스마다 울릴 캐럴인 셈이지요.

영국의 군항 포츠머스에서 해군 경리국 하급 공무원의 여덟 남매 중 둘째 아들로 태어난 디킨스는 열 살 때 런던으로 이사옵니다. 아버지의 빚 때문에 디킨스는 어릴 적부터 고생했습니다. 12세 때 구두약 공장 견습공으로 취직해 하루 열 시간씩 일했을 정도입니다.

이런 경험은 나중에 그가 노동자의 편이 되어 사회성 짙은 소설을 쓰게 하는 밑거름이 됩니다. 그의 자전적 소설인 『데이비드 코퍼필드』에는 중산층에 속한다고 믿었던 어린이 찰스가 노동자로 전락해 느끼는 좌절감이 생생히 묘사되어 있습니다.

디킨스는 중학 과정의 학교를 2년쯤 다니다 전직을 합니다. 변호사 사무실 사환에서 법원 속기사를 거쳐 신문사 속기 기자로 활동하면서 여러 신문에 글을 기고합니다. 등단 작품은 1834년 '보즈'라는 필명으로 발표한 『보즈의 스케치』이지만 출세작은 『올리버 트위스트』입니다.

『올리버 트위스트』의 주인공은 고전문학을 통틀어 가장 순수하고 맑은 영혼을 가진 아이로 꼽힙니다. 이 작품이 이렇게 오랫동안 사랑을 받는 이유는 무엇일까요? 그것은 보편적인 권선징악과 인과응보의 플롯 때문입니다. 역경을 이겨내고 행복을 찾는, 해피엔딩에서 인간은 늘 희망을 보게 되지요.

디킨스가 크리스마스를 소재로 쓴 첫 소설은 1836년 12월 말에 발표된 연작집 『피크위크 페이퍼스』의 열한 번째 연재물 「유쾌한 크리스마스 이야기」입니다. 이때부터 그는 베스트셀러 작가로 이름을 날렸는데 그가 본격적으로 영국의 처참한 노동 실태에 관심을 갖게 된 계기가 찾아옵니다.

1843년 초 의회에서 발표된 '어린이 고용 커미션에 대한 제조업체들의 보고서'를 읽은 거지요. 그는 '짐승만도 못한 세태'에 충격을 받고 '빈민층 자녀를 위해 영국 국민들에 고함'이라는 팸플릿을 발행합니다.

그러다 연말이 가까워 오는 그해 10월 갑자기 『크리스마스 캐럴』의 집필을 서두르게 됩니다. 디킨스는 미국인 친구 코넬리우스 펠턴에게 당시 상황을 설명하는 편지를 썼습니다.

"울다 웃다 또 울며 이 소설을 쓰는 동안 이상하게 흥분 상태에 빠져 있었다네. 미루어보면 매일 밤 런던의 컴컴한 골목을 이삼십 킬로미터쯤 걸어 다녔을 거네. 술 취한 주정뱅이가 아니면 모두 잠자리에 들었을 시간에 말이야."

『크리스마스 캐럴』 외에도 디킨스의 작품 중에는 사회성 짙은 것들이 많습니다. 『두 도시 이야기』, 『위대한 유산』, 『데이비드 코퍼필드』, 『올리버 트위스트』, 『니콜라스 니클비』 등이 그렇습니다. 디킨스가 노동자의 친구처럼 간주된 것은 귀족들에 대한 신랄한 비판 때문이었습니다. 그는 작품 속에서 귀족들을 '고귀한 냉장고'라고 비꼬기도 했습니다.

그는 소설뿐 아니라 연극에도 열중했습니다. 사회를 바꾸려면 글뿐 아니라 행동으로 보여주는 것도 중요하다고 생각했기 때문입니다. 그것을 보여주는 것이 『니콜라스 니클비』인데 디킨스 자신이 직접 출연하지요.

디킨스는 대중 앞에 등장해 낭독을 하고 연출가로서의 역량도 보여줬습니다. 공연 투어를 하기도 했는데 영국 전역을 순회하고 미국까지 다녀오기도 했습니다. 이것은 '보통 사람에 대한 공감'을 유지하려는 노력이었습니다.

가는 곳마다 대대적인 성공을 거두었고, 대중들의 눈물 어린 환대와 지역 유지의 영접을 받았습니다. 요즘의 할리우드 스타 같은 인기를 누렸기에 그가 신문이나 잡지에 발표한 글은 큰 영향을 미쳤지요.

디킨스는 가정적으로 별로 행복하지 못했다고 합니다. 20년 이상 함께 지내왔고 열 명의 자녀를 낳은 아내 캐서린 호가스와 별거 상태로 지냈습니다. 문제가 된 점은 아내가 집을 나간 후 처제 조지나 호가스가 조카들을 돌본다는 명목으로 디킨스의 집에 머물게 된 것이었습니다. 조지나는 결혼도 하지 않은 채 평생 디킨스의 집안을 돌봤지만, 이것은 체면을 중시한 빅토리아 시대에서 커다란 스캔들이나 다름없었습니다.

이 스캔들은 작품 전반에 걸쳐 행복한 가정을 강조하고 《가정 이야기》라는 잡지까지 만들었던 찰스 디킨스의 이중성을 보여주는 것이기도 합니다. 디킨스는 나이 들어 돈도 많이 벌었지만 결코 행복하지 않았지요. 건강도 점점 나빠지다 저녁 식탁에서 쓰러진 다음 날 숨을

디킨스의 자필 원고

박물관 지하의 세탁실

거듭니다. 그때가 1870년 6월 9일이었습니다.

성경과 셰익스피어의 희곡에 이어 세계에서 세 번째로 많은 독자들을 가지고 있다는 찰스 디킨스의 흔적은 영국에 다섯 군데가 있습니다. 고향 포츠머스와 어린 시절을 보낸 로체스터, 44세 때 구입한 하이햄의 갯즈 힐 저택, 바닷가 마을 브로드 스테어즈, 그리고 가장 유명한 곳이 런던 다우티 가 48번지 주택입니다.

1837년부터 3년간 살았던 그 집에서 『올리버 트위스트』, 『니콜라스 니클비』를 썼는데, 아직도 그가 쓰던 책상이며 펜 같은 유품들이 전시되어 있습니다. 그곳을 방문한 날에는 비가 많이 내렸습니다. 인근에 있는 셜록 홈스 박물관은 악천후에도 아랑곳없이 관람객들이 장사진을 쳤지만, 주택가에 자리 잡은 찰스 디킨스 박물관은 비교적 한산했습니다. 세계적인 문호의 박물관 앞 플래카드에는 그가 창출한 경제적 이익만 5억 파운드약 8,730억 원가 넘는다는 문구가 있었습니다.

하이햄 갯즈 힐 저택은 디킨스가 네 살 때 아버지와 그곳을 지날 적에 아버지가 "나중에 돈을 벌면 여기서 살 수 있다"라고 한 그 집이었다고 합니다. 갯즈 힐 저택은 셰익스피어의 희곡 『헨리 4세』에서 할 왕자가 강도 짓을 모의한 장소로 나오는데, 중학교 건물로 사용될 만큼 규모가 큽니다.

디킨스가 결말이 빤한 통속 소설을 쓴다는 비판도 있지만 톨스토이, 도스토옙스키, 카프카 등 세계적인 문호들은 그를 옹호했습니다.

밀란 쿤데라는 '디킨스 소설의 유머는 껍질에 불과하며 감정이 넘쳐흐르는 문체로 냉혹함을 가렸을 뿐'이라고 하며 디킨스에 대한 비판을 반박하기도 했습니다.

7

루이스 캐럴이
사랑했던
이상한 나라의 앨리스

영국의 유서 깊은 옥스퍼드 대학이 배출한 세계 3대 작가가 있습니다. 『반지의 제왕』을 쓴 J. R. R. 톨킨, 『나니아 연대기』의 작가 C. S. 루이스, 그리고 '루이스 캐럴'이라는 필명으로 알려진 찰스 루트위지 도지슨Charles Lutwidge Dodgson입니다.

루이스 캐럴의 대표작은 『이상한 나라의 앨리스』입니다. 캐럴이 동화를 쓰게 된 계기는 옥스퍼드 크라이스트 처치에서 교수로 재임하던 시절 헨리 리델 학장과의 인연 때문이라고 합니다. 리델의 집에서 하숙하던 캐럴은 아이들과 어울리던 중 이 이야기를 만들었습니다.

기록에 따르면 1862년 7월 4일 캐럴은 리델의 딸인 로리나, 앨리스, 에스디, 동료 교수 로빈슨 덕워스와 함께 이시스 강으로 놀러갑니다. 이시스 강은 여름철이면 옥스퍼드 대학의 칼리지별 조정 대항전이 열리는 곳이기도 합니다. 그때가 되면 시민들이 이시스 강으로 몰려가 스테이크와 소시지를 굽고 핌Pimm이라고 하는 얼음을 띄운 술을 마시며 하루를 즐기지요.

캐럴은 이시스 강에 함께 간 사람들을 위해 그들을 등장인물로 한 이야기를 만듭니다. 주인공 앨리스 외에 로리나는 앵무새lory, 에스디는 어린 독수리eaglet, 덕워스는 오리duck, 캐럴은 도도새dodo가 되지요.

캐럴은 뱃놀이를 하면서 아이들과 지은 이야기를 책으로 엮어야겠다고 생각합니다. 1862년 11월부터 작업을 시작하는데 책에 나오는 생물의 생태를 보완하고 줄거리를 다듬어 조지 맥도널드의 자녀들에게 보여주었습니다. 맥도널드도 성직자이자 작가였으니 미리 감수를 받은 것이겠지요.

캐럴은 1864년 11월 26일 손수 삽화를 그린『앨리스의 땅속 모험』을 가장 아끼던 앨리스 리델에게 선물합니다. 책 표지 뒷장에는 '여름날 추억 속 아이에게 주는 크리스마스 선물'이라고 적었지요. 기록에 따르면 앨리스에게 준 책은 1만 5,500개 단어로 구성됐지만, 정식 출간본은 2만 7,500개 단어로 이루어졌습니다.

캐럴은 1832년 1월 27일 체셔 지방 테어스베리에서 태어났습니다. 아버지는 옥스퍼드대 출신의 목사였고, 캐럴은 3남 7녀 가운데 셋째이자 장남이었습니다. 캐럴은 어릴 적부터 재능이 많았으며 여러 분야에 관심을 기울였습니다. 마술·체스·인형·편지 쓰기와 같은 잡기는 물론 음악·문학에 이르기까지 두각을 나타냈는데, 1850년 아버지가 나온 옥스퍼드 대 크라이스트 처치에 입학해서 수학을 전공했습니다.

캐럴은 대학 시절 수학에서 두각을 나타냈고 졸업시험에서도 일등을 했다고 합니다. 유클리드 기하학에 정통한 그가 남긴『평면 기하학

크라이스트 처치의 대식당. 영화「해리 포터」에 등장했다.

입문서』, 『유클리드의 초기 저서 두 권에 관한 해석』은 지금도 유명합니다. 『행렬식에 관한 대수학 입문서』와 함께 당시로서는 혁신적인 개념이 들어 있는 『행렬식에 관한 기초론』이라는 책들은 지금도 꾸준히 팔리고 있다니 그가 얼마나 뛰어난 수학자인지 알 수 있습니다.

캐럴은 1855년부터 크라이스트 처치에서 교편을 잡았지만 말을 심하게 더듬었기에 학생들로부터 좋은 평가를 받지 못했다고 전해집니다. 아이러니하게도 캐럴 스스로의 단점이 최초의 팸플릿을 탄생시켰다고 합니다.

말 대신 지면으로 논리적인 생각을 밝히려고 팸플릿을 고안한 것으로 보입니다. 교내 그리스어 교수의 급여 인상 토론에 참여하면서 처음 자기 생각을 팸플릿의 형태에 담아낸 뒤, 정치와 동물 학대에 관한 사회 비판을 할 때는 물론이고 기하학의 공리와 가설을 적을 때도 팸플릿을 이용했다고 하지요.

특유의 내성적인 성격 때문일까요. 당대 사람들도 캐럴의 뛰어난 수학적 성과보다 『이상한 나라의 앨리스』의 저자로만 주목했던 모양입니다. 나중에 빅토리아 여왕이 『이상한 나라의 앨리스』를 읽고 캐럴의 저서를 모두 구해오라고 했는데, 수학 책과 논문을 받아들고 당황해했다는 일화가 유명합니다.

이 때문에 앨리스 시리즈가 일종의 수학 논문이라는 주장도 있습니다. 원문에서 느껴지는 기묘한 운율과 수학적인 단어 배치가 돋보인

『이상한 나라의 앨리스』는 물론이고 속편 『거울 나라의 앨리스』는 사칙연산을 이용하고 속도·시간·거리와의 관계를 왜곡시켜 상상력을 자극합니다. 『거울 나라의 앨리스』에 등장하는 붉은 여왕은 이후 리 반 베일른에 의해 '붉은 여왕 효과', '붉은 여왕 가설'로 인용되어 진화론과 경영학의 용어로 자리 잡기도 합니다.

캐럴은 왜 '루이스 캐럴'이라는 필명을 쓴 걸까요. 'B. B'라는 서명만으로 기고했던 그가 이 이름을 사용한 건 1855년 월간지 《트레인》에 글

을 쓰면서부터인데 발행자 에드먼드 예이츠가 제안했다고 합니다.

루이스 캐럴이라는 필명을 사용하기 전 그는 찰스 루트위지라는 본명에서 철자를 뒤섞어 여러 개의 이름을 만들어냈습니다. 에드거 커스웰리스, 에드거 U. C. 웨스틸이라는 이름이 그것입니다. 이게 마음에 안 들었던지 캐럴은 어머니 이름과 자기 이름을 혼합해 '루이 캐럴'이라는 필명을 만들었고, 나중에 그것을 루이스 캐럴로 바꾸게 되는 겁니다.

비밀스러운 캐럴의 성격은 작품에도 반영되어 있습니다. 예를 들어, 그는 『이상한 나라의 앨리스』에서 동음이의어를 많이 사용하지요. 철학자 질 들뢰즈는 이 작품에 "많은 암호와 철학이 숨겨져 있다"라고까지 했습니다.

앨리스 2부작보다 주목받지 못했지만 『스나크의 사냥』, 『실비와 브루노』 같은 소설이나 장편시를 두고 현대 초현실주의 문학과 부조리 문학의 선구자, 난센스 문학의 전형이라고 평하는 평론가들도 있지요.

캐럴의 전기를 쓴 모턴 코헨은 1982년에 한 인터뷰를 통해 "미출간된 루이스 캐럴의 일기를 읽고 그가 앨리스와 결혼을 원했다는 것을 확신하게 됐다"라고 말했습니다. 반면 1996년 새로이 발견된 캐럴의 일기장에서는 그가 리델 집안의 큰딸 로리나 혹은 가정교사에게 연모의 정을 품었다는 내용이 발견되어 정설처럼 여겨지던 캐럴이 '소아성애자'라는 가설은 다소나마 잦아듭니다.

"사람들은 당신이 정말로 요정들을 알고 있어서
 그들이 당신 머릿속에 그런 생각들을 집어넣어준다고 믿어요.
 그렇지 않고서야 절대로 이런 글을 쓸 수 없다면서요."

– 미세스 게티가 캐럴에게 보낸 편지 중에서

『이상한 나라의 앨리스』가 출간되어 인기를 얻고 난 후 리델 집안과 캐럴의 관계는 끝나고 맙니다. 당시 열한 살이던 앨리스에게 캐럴이 청혼했다는 추문이 돌아 '혹시 저 남자가 우리 딸을?' 하는 의심을 품은 리델 부인이 그를 집에서 쫓아내고 캐럴이 앨리스에게 보낸 편지마저 모두 파기하고 만 것입니다.

캐럴은 문학가이자 수학자인 동시에 사진가이기도 합니다. 캐럴의 사진에 대한 전문가들의 평가도 무척 긍정적입니다. 당시만 해도 카메라는 등장한 지 얼마 되지 않은 신기술이었는데, 그는 동시대의 여성 사진가였던 줄리아 마거릿 캐머런과 함께 19세기를 대표하는 사진작가로 꼽힙니다.

리델 자매. 오른쪽이 『이상한 나라의 앨리스』의 모델이 된 앨리스 리델이다.

여러 분야에서 재능을 보인 캐럴은 옥스퍼드 대학에서 유명인들과 교분을 나누며 지내다 65세 때 기관지염에 걸려 세상을 뜹니다.

옥스퍼드에는 캐럴과 관련된 장소들이 많이 남아 있습니다. 제일 많은 곳은 역시 크라이스트 처치입니다. 크라이스트 처치는 캐럴의 집이자 직장이었는데, 그가 머물던 곳은 대학의 북서쪽 모서리의 '톰 쿼드Tom Quad'라는 곳이며 리델 일가는 북동쪽이었습니다.

크라이스트 처치 앞마당에도 이들의 추억이 서려 있습니다. 웅장한 호두나무 근처에서 자주 크리켓 놀이를 한 것은 『이상한 나라의 앨리스』 후반부에서 홍학 크리켓 경기 장면으로 재구성되었고, 앨리스의 고양이 '다이너'가 그 모습을 보며 꾸벅꾸벅 졸았다는 도서관 사서의 기록도 남아 있습니다.

영화 「해리 포터」 시리즈를 촬영한 크라이스트 처치 칼리지의 식당에도 캐럴의 흔적이 남아 있습니다. 왼쪽에서 다섯 번째 창 스테인드글라스에는 앨리스의 얼굴과 이야기에 나오는 캐릭터들이 있는데 관광객들이 그걸 찾는 광경을 볼 수 있습니다.

크라이스트 처치 정문 맞은편에 있는 '앨리스 숍'도 유명합니다. 이 고풍스러운 상점은 실제로 앨리스가 사탕을 사던 곳이었는데, 지금은 『이상한 나라의 앨리스』와 관련된 기념품들로 가득합니다.

8

___

'반지의 제왕'
톨킨을 찾아
옥스퍼드 골목으로

존 로널드 루엘 톨킨J. R. R. Tolkien의 『반지의 제왕』은 영국의 《더 타임즈》가 '20세기 영미문학의 10대 걸작'으로 선정했습니다. '영어권 사회는『반지의 제왕』을 읽은 사람과 읽게 될 사람들로 나뉜다', '기독교인이 성서를 읽지 않는 건 용서받을 수 있어도 판타지 독자가『반지의 제왕』을 읽지 않는 건 구제의 여지가 없다'라는 말도 유명합니다. '판타지소설의 바이블', '20세기 판타지소설의 새 장을 연 소설' 등의 찬사도 끊이지 않고 이어집니다.

어느 겨울날 아침, 저는 옥스퍼드 대학에서 제작한 '톨킨 지도' 한 장을 들고 톨킨의 발자취를 따라가봤습니다. 옥스퍼드 대학이 배출한 많은 작가 가운데 가장 흔적이 뚜렷하게 남은 이가 톨킨입니다. 톨킨의 숨결이 특히 짙게 배인 곳은 액세터 칼리지·펨브로크 칼리지·모들린 칼리지·머튼 칼리지 네 곳입니다. 이 칼리지들은 옥스퍼드 중심가에 흩어져 있습니다.

고색창연한 옥스퍼드의 도서관들에서도 그의 자취를 찾아볼 수 있지요. 중앙도서관인 애쉬몰리안 도서관의 전신인 올드 애쉬몰리안 빌딩은 옥스퍼드에서 가장 오래된 블랙웰 서점 바로 위에 있고, 하버

드 대학이 이름을 따간 원형 건물 '래드클리프 카메라'에도 톨킨의 흔적이 숨어 있습니다.

세인트존스 스트리트, 노스무어 로드, 애디슨 워크는 그가 아내와 함께 살았던 집들과 산책로의 이름입니다. '피누스 니그라Pinus Nigra'는 옥스퍼드 외곽의 야트막한 야산에 있는 한 그루의 나무로, 톨킨이 평생 "저 나무가 바로 나"라고 했던 나무입니다.

톨킨의 사후 옥스퍼드 시는 이 위대한 작가를 기려 두 그루의 나무를 심는데, 그것이 '두 그루의 나무The Two trees'로 톨킨의 자취를 좇는 수많은 추종자를 맞이하고 있습니다.

톨킨은 1892년 1월 3일, 당시 영국 식민지였던 남아프리카공화국 블룸폰테인에서 태어났습니다. 네 살 때 영국으로 와 옥스퍼드 대학에서 영문학을 공부했고, 1925년부터 1959년까지 옥스퍼드 대학 교수로 일했지요.

어린 톨킨의 자취는 옥스퍼드 북쪽 버밍엄에서 찾을 수 있습니다. 호수처럼 잔잔한 물결이 흐르는 콜Cole 강 근방의 세어홀 방앗간 부근이 톨킨이 살던 곳이었습니다. 그곳에서 15분 거리에 있는 모즐리 습지 역시 어린 톨킨의 놀이터였습니다. 모즐리 습지에는 오크 군대를 향해 바위를 던지던 중간계 고대 종족 '나무수염'과 비슷하게 생긴 고목들이 서 있고 시냇가에는 블루벨꽃이 무더기로 만발해 있습니다.

세어홀 방앗간은 지금 박물관으로 변해 있는데, 아이린 드부 큐레이터 부장은 "어린 톨킨과 동생은 방앗간에서 놀다가 흰 밀가루를 뒤집어쓴 방앗간집 아들에게 혼이 나오곤 했다. 그 방앗간집 아들의 별명이 바로 '흰 오크'였다"라고 말합니다. 『반지의 제왕』에 등장하는 우르크하이의 묘사를 연상시키는 이러한 일화를 보면 톨킨이 자신의 생애 속에서 판타지 종족의 기틀을 잡았다는 것을 알 수 있습니다.

톨킨 순례자들의 지침서인 『톨킨 중간계의 뿌리』의 저자 로버트 블랙햄은 "톨킨의 소설에 나오는 중간계의 풍경은 미드랜드Mid Land와 비슷하다. 톨킨이 이상향으로 생각했던 호빗 마을 샤이어는 그가 뛰놀며 자란 버밍엄 교외가 모델이다"라고 하지요.

블랙햄은 "저녁마다 올드 조를 보고 자란 톨킨은 훗날 사우론이 거대한 눈을 쓸 때 이 시계탑을 떠올렸을 것"이라는 주장을 하기도 했습니다. 올드 조는 버밍엄 대학의 조지프 체임벌린 기념 시계탑을 이르는 애칭인데, 높이가 110미터나 되고 캄캄한 밤에도 원형 시계가 마치 달처럼 환히 빛난다고 합니다.

톨킨은 1916년 3월, 55년을 함께하게 될 평생의 반려 에디스 브렛과 결혼합니다. 톨킨은 결혼 직후 제1차 세계대전에 지원병으로 참전했다가 열병을 얻어 1916년 말 후방으로 후송됐습니다.

1년 반 동안 병상에 누워 있던 그는 사라진 신화에 대한 책을 구상했고, 1925년 북유럽 신화인 『잃어버린 이야기들』을 쓰기 시작했습니다. 『반지의 제왕』의 모태인 셈입니다.

톨킨을 비롯한 문학가들이 고대 신화에 대한 관심이 깊었던 사례는 어렵지 않게 찾아볼 수 있습니다. 왜 그들은 신화에 그토록 관심을 가졌을까요? 세계 각지의 신화를 연구하는 학자들에 따르면 한 지역의 신화나 전승은 타 지역에 영향을 미칩니다.

그 대표적인 예가 4대 문명의 발상지 중 하나인 메소포타미아의 『길가메시 서사시』입니다. 기원전 24세기에 세워진 고대 왕국 수메르에서 기록된 최초의 영웅 서사시인 『길가메시 서사시』에는 노아의 홍수를 연상시키는 우트나피쉬팀의 대홍수를 비롯해 성경 창세기에 등장하는 내용들과 유사한 대목이 많습니다.

'길가'는 노인, 조상을 뜻하고 '메시'는 젊은이, 영웅이라는 뜻입니다. 『길가메시 서사시』는 말 그대로 어른들로부터 당대의 젊은이들에게 전승된 중요한 이야기라고 해석할 수 있지요. 이 이야기가 유대 지역으로 넘어와 각색을 거쳐 『구약성경』「창세기」 무렵의 설화로 자리 잡았다고 전문가들은 보고 있습니다.

이처럼 각지의 신화에는 공통적인 부분이 있지만, 유럽 각지의 신화는 지역별로 차이가 큽니다. 신화에서 가장 큰 부분을 차지하는 주신主神과 전쟁신의 성격만 봐도 알 수 있을 정도입니다.

남유럽 그리스 로마 신화의 제우스, 아테나, 아레스는 라틴 족의 성향이 반영된 것인지 로맨틱한 구석이 많습니다. 서부의 켈트 신화는 갈리아, 브리튼, 게일, 웨일스 등의 다양한 종족으로 나뉘었기 때문인지 한 가지 역할을 하는 신들도 아테포마루스, 벨레누스, 알라우누스, 벨라투카드로스, 카물로스 등의 갖가지 이름으로 불립니다.

톨킨이 관심을 가졌던 북유럽의 대표적인 신화인 게르만 신화의 골자는 신족과 거인족의 대립으로 인한 신들의 황혼인 '라그나뢰크', 즉 세계의 멸망을 상정한다는 것입니다. 춥고 척박한 기후 탓인지 신화 자체의 분위기도 비장하고 황량한 것이 특징입니다.

주신인 오딘은 외눈박이의 노인으로 묘사되며 최고신다운 위엄보다는 은둔하는 현자처럼 그려집니다. 전쟁신 토르는 순박하면서도 호쾌한 성격으로 사랑을 한 몸에 받지만 라그나뢰크에서는 살아남지 못합니다. 세계를 칭칭 감은 요르문간드라고 불리는 독뱀을 망치로 쳐 죽이지만 뱀이 뱉어낸 독을 뒤집어쓰고 아홉 발자국을 걸은 후 죽는데, 그 영향 때문인지 북유럽 신화에서는 '9'라는 숫자가 빈번하게 쓰입니다.

톨킨은 북유럽 신화를 연구하다 1936년에 스칸디나비아 전설 속 영웅을 주인공으로 하는 『베어울프』를 번역합니다. 베어울프는 악력이 돋보이는 전사로 여러 모험을 떠나는데 그 내용이 구전으로 전해져오다가 1010년경 쓰인 필사본으로 그 존재가 확인됐습니다. 영미권에선 고대 영어로 쓰인 가장 오래된 문학으로 불리지요.

베어울프는 크게 세 번의 전투를 치르는데 '괴물 그렌델과의 전투', '그렌델의 어미와의 전투', '용과의 전투'가 그것입니다. 아시다시피 용은 동양에서는 왕을 상징하지만 서양에선 악을 상징합니다. 용과의 전투로 끝나는 『베어울프』 시리즈에 톨킨이 관심을 가진 것을 보면 『호빗』의 클라이맥스를 장식하는 악룡 스마우그의 등장이 의미심장하게 느껴집니다.

모들린 다리

톨킨은『반지의 제왕』시리즈의 프롤로그라고 할 수 있는『호빗』을 1937년 출간한 뒤 1954년에『반지의 제왕』시리즈를 세상에 내놓아 문단을 장악합니다.

『호빗』을 쓰기에 앞서 톨킨은 옥스퍼드 영어사전을 편찬하는 일을 맡았습니다. 1920년에는 리즈 대학 언어학 조교로 강의하다 1924년 정교수가 됐으며, 이듬해인 1925년 옥스퍼드 대학에 교수로 돌아옵니다.

전쟁에서 입은 상처를 씻고 대학교수로 생활이 안정되면서 아이들까지 자라나자 톨킨은 행복한 나날을 보냅니다. 그러다 아이들을 위해서 이야기를 들려줘야겠다고 마음먹고『호빗』을 쓰기 시작한 거지요.

톨킨은 자기가 아이들에게 들려준 허구적인 이야기가 출판되리라곤 꿈에도 생각하지 못했다고 합니다. 우연히 이 책을 읽은 런던의 출판사 '조지 알렌 앤드 언윈'의 여직원이 톨킨에게 출판을 강력히 권했습니다.

『호빗』이 예상외로 인기를 끌게 되면서 출판사는 속편을 요청하게 됐고, 그것이『반지의 제왕』으로 이어지지요. 출판의 역사를 보면 유능한 편집자의 혜안이 명작을 찾는 경우가 많습니다.

『반지의 제왕』스토리는 악의 군주 사우론이 세계를 지배하려 절대반지를 만들었다가 요정·난쟁이·인간의 합동 공격을 받아 암흑세계로 사라지면서 시작되지요. 이후 절대반지의 소재가 바뀝니다.

『호빗』에서 절대반지를 손에 넣은 빌보 배긴스에게서 반지를 물려

받은 조카 프로도 배긴스가 "절대반지가 사우론의 손에 들어가면 세계가 멸망한다"라는 이야기를 듣고 반지를 없애기 위해 절대반지를 소멸시킬 수 있는 유일한 곳 모르도르의 '운명의 산'으로 원정을 떠납니다.

여기서 선과 악, 프로도와 사우론, 그리고 그들을 돕는 무수한 이야기가 파생됩니다. 원래 톨킨은 『호빗』이 모험과 고향으로 귀환이라는 자체 완결 구조를 취하고 있음에도 언어학자로서의 특기를 발휘해 전체를 하나의 작품으로 완성하려는 욕심을 내지요.

그는 『잃어버린 이야기들』, 『호빗』, 『반지의 제왕』에 이어 『실마릴리온』이라는 대작에 몰두했지만, 1973년 사망할 때까지 뜻을 이루지 못하고 숨을 거둔 후 아들 크리스토퍼가 원고를 정리해 책으로 냅니다.

옥스퍼드 북부에 위치한 울버코트 공동묘지에 가면 톨킨과 그의 아내 에디스의 무덤이 있습니다. 에디스는 톨킨보다 2년 앞서 1971년 11월에 사망했습니다. 톨킨은 아내의 비석 이름 밑에 루시엔Lúthien이라는 이름을 새겼는데, 이는 『잃어버린 이야기들』에 나오는 그 루시엔입니다.

1973년 9월 아내를 따라 톨킨이 향년 81세로 사망했을 때는 비석에 베렌Beren이라는 이름이 더해집니다. 베렌과 루시엔은 『잃어버린 이야기들』과 『실마릴리온』에 걸쳐서 아름다운 사랑을 나눈 한 쌍입니다. 톨킨 부부가 자신들의 사랑을 소설 속 등장인물에 견줄 정도로 두 사람의 정이 깊었다는 것이겠지요.

톨킨 생전에 『반지의 제왕』이 라디오 드라마로 기획됐는데 예상외로 청취율이 저조했습니다. 저자는 실망 속에 세상을 떴고, 그 후 피터 잭슨이라는 걸출한 영화감독이 등장해 『반지의 제왕』과 『호빗』 3부작 모두를 흥행에 성공시키지요. 이 시리즈는 유례없는 판타지 대작이라는 평가를 받기에 부족함이 없습니다.

예술가들에게는 팬들이 많습니다. 문학 분야에서는 판타지소설, 추리소설 쪽 팬덤이 대단하지요. 셜록 홈스 애호가를 일컫는 '셜로키언'이 고유명사가 됐듯이 톨킨의 팬들은 '톨키니스트Tolkienist'라고 불립니다. '톨킨학Tolkienology'을 연구한다는 말이 있을 정도로 톨키니스트들은 작품을 학문적이고 철학적인 면으로 파고드는 경향이 짙습니다.

톨킨의 소설을 두고 비판이 제기된 적도 있습니다. 작품 전반에 주요 등장인물이 백인 일색인 데다, 악역인 오크나 고블린이 흑인을 연상시키는 어두운 피부색으로 묘사되는 부분, 여성 등장인물의 비중이 없다시피 하다는 점 때문에 인종차별과 성차별의 굴레를 벗어나지 못했다는 말이 분분했습니다. 이에 대응한 사람들이 톨키니스트들이었습니다.

The Lamb and Flag has been a pub since c. 1695 but the building was re-fronted in the early 1800s. The gateway leads into Museum Road from where it is a short walk to the University Museum of Natural History, the Pitt-Rivers Museum and the University Parks. Across St Giles', you can see the Eagle and Child, a pub since c. 1684.

Members of the Oxford literary group, The Inklings, which included CS Lewis (author of *The Chronicles of Narnia*), JRR Tolkien and others, met in both pubs from the 1930s-60s. It was here that Tolkien first read out instalments of *The Lord of the Rings*.

© Oxfordshire County Council, Oxfordshire History Centre
www.oxfordshire.gov.uk/heritagesearch

JRR Tolkien in the gardens at Merton College.

톨킨의 사진이 새겨진 안내판

9

인도와도 안 바꾼
셰익스피어의 자취를
찾아

코츠월드에는 영국의 역사가 살아 숨 쉬고 있습니다. 첼트넘에서 승용차로 20분 거리에 거의 허물어진 상태로 보존되어 있는 서들리 성은 영국에서 가장 성격이 고약하기로 유명하면서도 국민들이 좋아한다는 헨리 8세의 이야기가 얽힌 곳입니다.

헨리 8세는 아내들을 간통죄로 몰아 참수한 '공포의 남편'이자 실존하는 '푸른 수염'인데 그에게서 끝까지 살아남은 캐서린 파의 고향이 서들리 성이지요. 서들리 성에는 캐서린 파와 헨리 8세 외에도 앤 불린과 엘리자베스 1세 그리고 리차드 3세의 사연도 얽혀 있습니다.

서들리 성에서 가까운 거리에 스트랫퍼드어폰에이번Stratford-upon-Avon이 있습니다. 옥스퍼드에서도 40분이면 도착할 수 있습니다. 이곳은 '에이번 강가의 스트랫퍼'라는 뜻이며 스트랫퍼드는 로마인이 만들었습니다.

1550년 이곳에 존 셰익스피어라는 인물이 이사 옵니다. 그의 아버지 리처드 셰익스피어는 이웃 마을 스니터필드의 부유한 농민이었습니다. 존 셰익스피어는 '장갑'으로 떼돈을 벌어 1556년 집을 두 채나 사들였고 1568년에는 읍장이 됩니다.

존 셰익스피어의 전성기는 그때까지였습니다. 그는 젠틀맨 신분을 얻으려 했으나 실패하고 빚더미에 올라앉은 뒤 1586년에는 빚쟁이들을 만날까봐 주일에 교회에 나가는 것도 두려워했습니다. 하지만 그의 삶이 헛된 것만은 아니었지요. 1564년 윌리엄 셰익스피어William Shake-speare가 존의 여덟 남매 중 셋째이자 첫아들로 태어난 것입니다.

셰익스피어가 태어난 스트랫퍼드어폰에이번은 셰익스피어의, 셰익스피어를 위한, 셰익스피어에 의한 도시입니다. 한마디로 도시 전체가 셰익스피어로 생계를 잇고 있지요. 원래 이 도시는 상업도시로 알려졌지만 지금은 박물관이 된 그의 생가, 나이 들어서 6년을 보낸 집, 아내 해서웨이와 함께 묻힌 묘지가 제일 유명합니다. 스트랫퍼드 시 당국은 셰익스피어의 형제자매 집까지 관광 코스로 만들었습니다.

스트랫퍼드어폰에이번 시 당국의 '문화유산으로 돈 벌기'를 살펴보고 가겠습니다. 이곳에는 셰익스피어와 관련된 주택이 모두 다섯 채나 됩니다. 생가부터 아내가 홀로 산 집, 딸 부부의 집까지 셰익스피어라는 이름과 조금이라도 관련되면 어김없이 입장료가 붙습니다.

무덤이라고 돈벌이에 예외는 아니겠지요. 셰익스피어는 시내에 있는 홀리 트리니티 교회에 묻혔습니다. 여기에 들어서니 아니나 다를까, 묘비명이 보일락 말락 한 지점부터 누군가 손을 내미는 겁니다. 셰익스피어의 묘비를 보려면 돈을 내라는 것이지요. 이렇게 곳곳을 돈벌이 수단으로 활용하는 것이야말로 죽은 이를 이용한 마케팅인 '요람에

세익스피어의 생가

서들리 성으로 가는 길에 있는 챌트넘을 고지대에서 바라본 풍경

서 무덤까지'가 아닐까요? 셰익스피어 생가의 입장료는 4인 가족을 기준으로 41파운드 50펜스약 7만 2,000원이며 다른 곳을 가려면 약 10파운드약 1만 7,500원씩 추가됩니다.

정원을 지나 건물 안으로 들어가면 맨 먼저 작은 침대가 나오는데 여기서 셰익스피어가 태어났다고 합니다. 이어지는 건물은 식당, 부모의 침실로 장갑 같은 가죽 공예품을 만드는 장소를 겸하고 있는데, 아주 웃기는 안내인이 있었습니다.

한 무리의 일본인 관광객들이 들이닥치자, 장갑 만드는 사내로 분장한 안내인이 엄숙하게 외치더군요. "To buy or not to buy?" 『햄릿』에 나오는 '죽느냐 사느냐(To be or not to be), 그것이 문제로다'라는 대사을 '사느냐 안 사느냐'로 바꿔 말한 것입니다. 근엄해 보이지만 유머를 즐기는 영국인의 진면목이 드러나는 순간이었습니다.

저택에서 나오면 작은 공원과 간이 무대가 설치된 마당이 있는데, 전통 의상을 입고 1인극을 하는 젊은이가 보입니다. 그는 『맥베스』의 대사를 연기하더군요. 극이 끝나자 주위에 둘러앉은 구경꾼들에게 제비뽑기를 시켰습니다. 뽑기에서 나온 극중 대사로 즉흥연기를 하겠다는 것이었습니다.

한 소년의 요청을 받아 『한여름 밤의 꿈』에 나오는 퍽의 독백을 연기한 젊은이는 현악기의 한 종류인 류트를 꺼내 들더니 노래를 부르기 시작합니다. 역시 『한여름 밤의 꿈』의 한 대목으로, 요정 왕비 티타니

셰익스피어 생가에서 만난 할머니

서들리 성에는 헨리 8세와 캐서린 파의 사연이 담겨 있다.

아의 자장가였습니다. 시에서 고용한 사람이겠지만 이렇게 생가 관람
에 연극을 곁들이니 꽤 볼만했습니다.

셰익스피어는 1564년 4월 26일에 태어나 1616년 4월 23일에 사망
했는데 음모론자들은 여러 자료를 제시하며 셰익스피어가 실존 인물
이 아니라는 주장을 펴고 있습니다. 그렇다면 셰익스피어의 공식 출생
기록은 있을까요, 없을까요? 정답은 '있다'입니다.

스트랫퍼드어폰에이번 교구 교적부에 1564년 4월 26일 '존 셰익스
피어의 아들 윌리엄'이라는 기록이 나옵니다. '세계 책의 날'이 4월 23일이
된 것은 셰익스피어가 1616년 그날 사망했기 때문인데 『돈키호테』의
저자 세르반테스도 같은 해 세상을 떠 올해로 사망 400년을 맞습니다.

공식 기록에 윌리엄 셰익스피어가 등장하는 경우는 거의 없습니다. 앞서 말한 교적부에는 출생 기록과 사망한 후 매장된 사실, 그리고 자녀들의 세례 기록만 나옵니다. 또 다른 자료로는 우스터 주교가 내준 셰익스피어의 결혼 허가서입니다. 이렇게 한 사람의 존재를 증명하는 데 필요한 최소한의 자료만 남아 있기 때문에 음모론자들의 주장이 아직도 사그라지지 않는 것 같습니다.

음모론자들이 셰익스피어 허구설의 근거로 드는 또 다른 주장은 그가 제대로 된 교육을 받지 않았는데 어떻게 주옥같은 명문장을 남겼느냐는 것입니다. 영국 문학계는 셰익스피어가 스트랫퍼드의 지방학교를 다녔다고 말하지만 어느 학교인지는 언급되지 않습니다.

셰익스피어 실존론자들은 이에 대해 셰익스피어가 『사랑의 헛수고』, 『윈저의 명랑한 아낙네들』 같은 희극에서 '휴 에번스'라는 선생을 우스꽝스럽게 묘사하는 부분이 있다는 사실을 제시하면서 정식 학교에서 읽기, 쓰기, 셈하기와 라틴어를 배웠다고 봅니다.

셰익스피어는 『뜻대로 하세요』에서도 인간 성장의 일곱 단계를 언급하며 학교생활을 회상합니다. "책가방을 메고 징징 울고 있는 학생, 아침처럼 환하게 빛나는 얼굴로 달팽이처럼 기어가는구나. 학교에 가기 싫어서"라는 부분이 그것입니다.

셰익스피어 실존론자들은 또 오비디우스의 『변신』, 『헤로이데스』와 베르길리우스의 『아이네이스』를 비롯해 호라티우스의 작품 같은 로마의 고전을 통해 어릴 적부터 연극에 눈을 떴다고 생각합니다. 이것은 당시 어린 학생들이 라틴어를 배울 때 사용하던 교재였기 때문입니다. 하지만 셰익스피어의 교육은 더 이상 이어지지 않았습니다. 대학을 나온 다른 극작가들과 달리 그는 학력이 낮아 여러 불리함을 가지고 있었지요.

그렇다면 셰익스피어가 가상의 인물이라고 주장한 사람들이 '진짜 셰익스피어'로 꼽은 이들은 누굴까요? 프랜시스 베이컨을 비롯해 더비 백작, 옥스퍼드 백작, 에섹스 백작 등 다양한 가설과 추측이 존재합니다.

글 서두에 코츠월드의 명소인 서들리 성에 얽힌 이야기를 잠깐 언급했습니다. 셰익스피어가 장갑 만드는 아버지 밑에서 태어났지만, 그가 이어받은 것은 장갑 만드는 기술뿐 아니라 코츠월드의 문화 그 자체이기 때문이지요. 그중의 하나가 유랑극단이었습니다.

코츠월드의 주요 도시인 스트랫퍼드어폰에이번에서는 휴일이나 축제일에 유랑극단의 연극이 열렸습니다. 기록에는 1573년과 1576년 레스터 백작의 극단, 1579년 스트레인지 경의 극단, 1584년 에섹스 백작의 극단이 이곳에서 공연을 했다고 나옵니다.

이 사실은 10세 무렵부터 20세까지 셰익스피어가 연극으로 상당한 자극을 받았을 가능성이 크다는 유력한 정황이 됩니다. 영국 문학계에서는 셰익스피어가 28세 때인 1592년 런던으로 이주했다고 보고 있습니다.

희곡 'As you like(뜻대로 하세요)'에 등장하는 어릿광대 동상

그가 이사한 런던은 막 팽창할 무렵이었습니다. 런던에는 존 릴리, 크리스토퍼 말로, 조지 필 같은 극작가들이 있었습니다. 그런데 이런 선배 작가들이 어처구니없는 사건에 연루되어 죽거나 몰락하자 셰익스피어는 무풍지대를 누비듯 성공 가도에 접어듭니다.

1597년까지 그는 『헨리 6세』, 『리처드 3세』, 『리처드 2세』, 『헨리 4세』, 『헨리 5세』 같은 연작 사극을 발표했으며 『존 왕』이라는 단발 사극도 썼습니다. 1593년부터 1600년 사이에는 유명한 희극을 열 편이나 무대에 올리는 기염을 토합니다. 『실수연발』, 『베로나의 두 신사』, 『한여름 밤의 꿈』, 『말괄량이 길들이기』, 『베니스의 상인』, 『헛소동』, 『뜻대로 하세요』, 『윈저의 명랑한 아낙네들』, 『십이야』가 그것입니다. 그 와중에 비극으로 『로미오와 줄리엣』을 발표했으니 전성기라고 하겠습니다.

배우로서, 극작가로서 대성공을 거두면서 고향을 떠날 때 무일푼이던 셰익스피어는 부자가 됩니다. 1602년 셰익스피어는 125에이커나 되는 땅을 샀으며, 돈을 버는 능력도 갖췄는지 높은 이자를 받고 돈을 빌려주는 고리대금업으로 재산을 불렸습니다.

셰익스피어가 돈을 못 갚는 채무자들에게 무자비하게 소송을 걸어 돈을 받아낸 기록은 1909년 경매회사에서 나온 문서로 입증됩니다. 1596년, 셰익스피어는 아버지가 꿈꿨지만 실패한 가문의 문장을 자기 것으로 해달라는 청원이 허락되어 마침내 젠틀맨이 됩니다.

셰익스피어의 삶과 관련된 공식 문건은 별로 없는데 돈과 관련해 소송을 벌였다는 식의 문건은 의외로 많습니다.

제임스 1세가 등장하면서 영국의 연극계는 엘리자베스 1세 때의 낙관주의가 사라지고 불안·불확실성·환멸의 분위기에 사로잡힙니다. 인생은 가면극에 불과하다는 관념에 지배되면서 명랑했던 희극 대신 비극이 무대의 주류를 이룬 것입니다.

셰익스피어의 작품도 뚜렷한 변화를 보입니다. 1603년 제임스 1세가 등극한 이후『오셀로』,『맥베스』,『리어 왕』처럼 셰익스피어의 4대 비극 가운데 세 편이 이 시기에 완성된 것입니다.

셰익스피어의 위대성은 '셰익스피어 산업'이라는 말이 입증합니다. 해마다 5,000여 종의 셰익스피어 관련 자료가 지금도 발간된다는데, 아이러니하게도 평론가들은 셰익스피어를 '창조자'라기보다 유능한 '각색자'라고 보고 있습니다.

즉 셰익스피어의 희곡을 분석해보면, 극중 인물이나 플롯을 셰익스피어 스스로 창조한 경우는 별로 없고 민간에 전승되는 설화나 민담에서 줄거리를 빌려왔다는 겁니다. 그것이 역사·음모·복수·광기와 같은 소재를 다루면서도 대중들에게 어필할 수 있었던 요인이라는 주장입니다.

10

영원한 자유인
오스카 와일드의
더블린

영국에서 아일랜드의 수도 더블린으로 가는 길은 멀고도 가깝습니다. 리버풀 항에서 배를 타면 다섯 시간 가까이 걸리는데 비행기를 이용하면 한 시간이 채 안 걸립니다. 리피 강 하류에 위치한 더블린은 인구가 50만 명 정도밖에 되지 않습니다.

리피 강이 더블린 시가지의 남북을 가르는 경계입니다. 남쪽은 공공기관, 북쪽은 상업지역이고 이것을 그래프턴 가가 동서로 가르는데 주변에 볼 것이 많습니다. D. 오코넬, C. S. 파넬 등 독립운동 지도자의 동상들이 나란히 서 있는 오코넬 스트리트가 대표적입니다. 약칭 GPO라 불리는 중앙우체국에 늘 아일랜드 국기가 게양되어 있는 걸 보면 아일랜드가 영국으로부터 독립하는 데 애를 먹었음을 알 수 있지요.

아일랜드의 첫 정복자는 9세기 덴마크인이지만, 11세기 아일랜드 족장 브라이언 볼루가 덴마크인을 물리친 후에도 두 민족은 공존했습니다. 12세기 프랑스에서 잉글랜드를 침범한 노르만도 아일랜드를 놔두지 않았지요. 1171년 영국 국왕 헨리 2세는 아일랜드 총독이 됩니다.

1494년 포이닝 법에 의해 아일랜드 의회는 잉글랜드 의회에 합병됐습니다. 1536년 헨리 8세는 아일랜드에 대한 영국 국왕의 통치를 선언하지요. 아일랜드는 끝없이 독립 투쟁을 벌였지만, 1649년부터 4년 간 올리버 크롬웰의 침략을 받습니다.

영국의 침략 외에도 아일랜드는 혹독한 한파와 주식이었던 감자의 대흉작으로 고통받았습니다. 1740년 대기근 때는 200만 명이 죽고 200만 명은 해외로 이주하는 참사가 발생해 아일랜드 인구가 절반으로 줄어들고 말았지요.

아일랜드는 1801년 잉글랜드 왕국, 스코틀랜드 왕국, 아일랜드 왕국이 합쳐진 '그레이트브리튼 아일랜드 연합왕국'으로 합병됐지만 1912년부터 1922년까지 이어진 독립 전쟁으로 북부 지역만 영국에 내주고 주권을 회복했습니다. 1922년 32개 아일랜드 주 가운데 26개 주가 독립해 아일랜드 공화국을 수립하자 영국은 국명을 '그레이트브리튼 북아일랜드 연합왕국'으로 개칭해야 했습니다. 이런 비극의 역사를 거친 아일랜드지만 한때 선망의 대상이 되기도 했습니다.

20여 년 전 아일랜드는 작지만 강한 나라, '강소국'의 대표주자로 꼽혔습니다. 제가 몸담고 있는 조선일보에서도 아일랜드 배우기 열풍이 일어나 현지 취재도 하고 우리가 어떻게 하면 아일랜드처럼 될 것인가를 주제로 많은 보도를 쏟아내기도 했습니다.

2015년 초에 찾은 더블린은 전혀 활기가 없어 보였습니다. 겨울이라 오전 9시가 넘어야 해가 뜨고 오후 4시만 되면 사방이 컴컴해지는 영하의 날씨 탓도 있었겠지만, 기네스 맥주를 파는 곳을 제외하고는 을씨년스러운 분위기였습니다.

Trinity College

Founded in 1592
on the grounds o
priory Trinity Col
architectural rich
centuries. Trinity
to more than a r
priceless manusc
being the 'Book

기네스 공장에 마련된 맥주 시음장.
더블린 시내를 한눈에 볼 수 있다.

오코넬 스트리트에 즐비하게 늘어선 독립운동가들의 동상을 보면서 동화의 한 대목을 떠올렸습니다. 동화의 분위기와 더블린의 분위기는 묘하게 닮아 있습니다.

"누구신가요?" 제비가 물었다. "행복한 왕자란다."

"그런데 왜 울고 있어요? 그 바람에 내 몸이 다 젖었잖아요."

"내가 살아서 몸 안에 인간의 심장이 뛰고 있을 때는 오히려 눈물이 뭔지 몰랐지. 나는 상수시(Sanssouci) 궁전에 살았거든……. 내가 죽고 나서 사람들은 나를 여기 이 높은 곳에 세워놓았어. 그때부터 내 도시의 추하고 비참한 모든 것이 눈에 들어오는 거야. 지금 내 심장은 납으로 만들어져 있지만 그래도 울지 않을 수가 없어."

오스카 와일드Oscar Fingal O'Flahertie Wills Wilde의 동화 『행복한 왕자』의 서두입니다. 『행복한 왕자』의 마지막은 가슴이 찡할 정도로 슬프게 끝납니다.

제비는 행복한 왕자의 입에 키스를 하고 왕자의 발밑으로 떨어져 죽었다. 그 순간 조각상 안에서 금이 가는 듯한 묘한 소리가 들렸다. 뭔가가 부서지는 것 같았다. 납으로 만든 심장이 둘로 쪼개진 것이다. 정말 무시무시한 된서리가 내린 모양이었다.

다음 날 아침 일찍 시장은 시의회 의원들과 함께 광장을 걷고 있었다. 둥근

기둥에 이르렀을 때 그는 조각상을 보았다. "이럴 수가! 행복한 왕자가 너무 초라해 보이잖아!" 시장이 말했다. 그들은 행복한 왕자의 조각상을 끌어내렸다. 그들은 조각상을 용광로에서 녹였다. 시장은 조각상을 녹인 금속을 어떻게 할지 결정하려고 시의회를 열었다. "물론 다른 조각상을 세워야겠지. 이번에는 내 조각상이 될 거요." 시장이 말했다.

어떻습니까? 이 동화에서 왠지 더블린의 처연한 분위기와 독립을 위해 수백 년간 목숨 바쳐 싸워온 투사들, 그 뒷전에서 자기 이익을 챙기는 군상들이 떠오르지 않습니까?

오스카 와일드는 1854년 10월 16일 저명한 의사였던 아버지 윌리엄 로버트 와일드와 시인이었던 어머니 제인 프란체스카 엘지 와일드의 차남으로 태어납니다. 오스카 와일드는 1871년 장학생으로 더블린 트리니티 칼리지에 입학해 형 윌리와 같은 방을 쓰며 그리스 문화에 심취하지요. 3년 뒤 오스카는 옥스퍼드 대학의 모들린 칼리지로 갑니다.

옥스퍼드 대학 시절 그에게 큰 영향을 준 교수가 셋 있습니다. 존 러스킨과 월터 페이터, 1877년 함께 그리스를 여행했던 매허피 교수입니다. 그리스에서 받은 감동 때문인지 이때부터 와일드는 '유미주의'적 예술관을 견지합니다. 1878년 이탈리아의 도시 라벤나를 찬미하는 시 「라벤나」로 뉴디기트 문학상을 탄 뒤부터는 '예술을 위한 예술'이라는 말을 입에 달고 다녔습니다.

오스카 와일드가 살던 빅토리아 말기 중산층 의상은 검은색 양복

일색이었습니다. 오스카 와일드는 화려한 색깔의 옷을 좋아했고 단추 구멍에는 녹색 카네이션을 꽂았으며 벨벳 재킷과 짧은 바지, 검은 비단 양말을 착용해 사람들의 눈길을 끌었습니다.

그것도 보수적이기로 소문난 옥스퍼드 한복판이었으니 얼마나 화제에 올랐겠습니까. 엄숙한 사교계에서 오스카 와일드의 그런 행동은 분명 쇼킹한 것이었습니다. 특이한 의상 때문에 사람들은 그를 '남성성이 거세된 여성화된 존재'라고 의심했습니다. 훗날 동성애 스캔들이 터졌을 때도 젊었을 적의 파격적인 의상은 다시 한 번 화제가 됐습니다.

오스카 와일드는 의상 못지않게 말솜씨도 화려했다고 합니다. 시인 예이츠는 "일상 대화에서 그렇게 완벽한 문장을 구사하는 사람을 처음 봤다"면서 "밤새 열심히 써서 준비한 것 같은 느낌을 주지만 그게 그렇게 자연스러울 수가 없었다"라고 감탄했습니다.

오스카 와일드는 재치 있는 표현을 구사하는 데 일가견이 있었습니다. 그가 남긴 명언들을 몇 가지 살펴보겠습니다.

그는 1882년 미국에 들어가면서 세관에 "신고할 것이라고는 내 천재성밖에 없다"라고 해 세상을 놀라게 했습니다.

"종교에서 진리는 그저 살아남은 견해를 지칭한다." 폐쇄적인 종교인들의 내면을 간파한 말입니다.

"부유한 독신주의자에게는 무거운 세금이 부과되어야 한다. 그런 사람만 남보다 행복하다는 것은 불공평하기에." 여기서 그가 독신주

자임을 알 수 있지요.

"결혼이란 필요에 쫓겨서 서로를 속이는 예술이다." "모든 여자는 그들의 어머니를 닮아간다. 그것이 그들의 비극이다. 어떤 남자들도 그들의 어머니를 닮아가지 않는다. 그것이 그들의 비극이다." 이 말에서도 와일드의 독특한 남녀관이 보입니다.

동성애에 대한 오스카 와일드의 입장을 나타낸 말도 있습니다. "남자와 여자는 친구가 될 수 없다. 둘 사이에는 열정과 증오와 숭배와 사랑만이 있다. 하지만 남자가 게이라면 어떨까? 사랑보다 우정이 훨씬 비극적이다. 우정이 더 오래 지속되기 때문이다."

문학에 대해서도 오스카 와일드는 많은 말을 남겼습니다. "문학과 저널리즘의 차이는 저널리즘은 읽을 가치가 없다는 것이고 문학은 읽히지 않는다는 것이다. 문학과 연극을 구분해주는 유일한 기준은 공연 입장권일 뿐이다."

조국 아일랜드를 침탈한 영국에 대해서도 오스카 와일드는 이런 말을 남겼습니다. "만약 아일랜드가 존재하지 않았다면 영국인들은 아일랜드를 만들어냈을 것이다." 항상 뭔가 음모를 꾸미는 영국인들의 성격을 날카롭게 표현한 말이라 하겠습니다.

타고난 총명함과 재치 있는 언어감각을 갖춘 오스카 와일드는 1881년 첫 시집 제목을 『시집』이라 지었고 이후 미국과 캐나다를 오가며 유미주의 강연을 합니다. 1883년에 『베라, 혹은 허무주의자』라

"부유한 독신주의자에게는 무거운 세금이 부과되어야 한다.
그런 사람만 남보다 행복하다는 것은 불공평하기에."

- 오스카 와일드

는 희곡을 썼지만 공연은 참패하지요.

1886년까지 유미주의 강연과 각종 잡지에 에세이를 발표하던 오스카 와일드는 1887년 『캔터빌의 유령』, 『아서 새빌 경의 범죄』, 1888년 동화 『행복한 왕자』, 그리고 1890년 장편소설 『도리언 그레이의 초상』을 발표하면서 작가로서 전성기를 맞습니다.

그 절정의 순간인 1891년, 오스카 와일드는 당시 21세의 옥스퍼드 대학생 알프레드 더글라스를 만납니다. 두 사람은 희곡 『살로메』를 공연하며 서로 도움을 주고받는 문학적 동지로 보였지만 실은 그렇지 않았습니다. 알프레드의 아버지 퀸즈베리 후작이 오스카 와일드를 동성애 혐의와 미성년자 학대죄로 고소했습니다. 오스카 와일드는 2년의 중노동형을 선고받습니다.

재판에서 결정적인 승패를 가른 것은 와일드와 성관계를 맺은 소년의 증언이었습니다. 2년간 감옥에 있으면서 오스카 와일드는 명예는 물론 재산까지 모두 날리고 맙니다.

1884년 결혼했던 아내 콘스탄트 로이드로부터 별거 선언을 당하고, 아들 비비안과 시릴도 평생 볼 수 없게 됐습니다. 이 일은 영국에서 '퀸즈베리 사건'으로 불리는데 오스카 와일드에게 중노동형보다 더 괴로웠던 것은 영국에서 영원히 추방됐다는 것이지요.

레딩 형무소를 나온 오스카 와일드는 알프레드와 함께 프랑스로 가지만 재기하지 못합니다. 오스카 와일드처럼 알프레드도 아내와 아들로부터 버림받았는데 그의 아들은 이 일로 충격을 받았는지 1964년에 죽을 때까지 정신분열증을 앓으며 정신병원에서 생을 마감했습니다.

오스카 와일드는 1900년 프랑스 파리에서 뇌수막염에 걸려 생을 마칩니다. 훗날 그가 감옥에서 쓴 편지가 그의 사후 60년 뒤『옥중기』 혹은『심연으로부터』라는 제목으로 출간됐습니다.

11
_____

팩션의 대가
댄 브라운과
로슬린 예배당

영국에 있을 때 세운 목표 가운데 하나가 팩션Faction의 대가 댄 브라운Dan Brown의 소설 속 현장 탐사였습니다. 그가 쓴 『다빈치 코드』며 『천사와 악마』 같은 작품을 좋아했기 때문입니다. 팩션은 팩트(사실)와 픽션(허구)의 합성어입니다.

『다빈치 코드』에는 템플기사단이 소설의 골격을 이룹니다. 예루살렘은 기독교 최고의 성지이고 이슬람에서도 메카, 메디나와 함께 3대 성지로 간주합니다. 십자군 전쟁은 서양의 예수살렘 탈환 작전이었습니다.

제1차 십자군 전쟁 때 기독교 세력은 1099년 7월 15일 예루살렘을 손에 넣습니다. 문제는 그 이후였지요. 정복지에는 예루살렘 왕국, 안티오키아 후작령, 트리폴리 백작령, 에데사 백작령까지 총 네 개의 국가가 생겼습니다. 십자군 병력이 귀환할 때가 되자 누가 예루살렘을 지킬 것인가 하는 숙제가 남았습니다.

기사단이 생긴 것은 이 무렵입니다. 1118년 템플기사단, 1120년 요한기사단, 1190년 튜튼기사단이 결성된 것입니다. 십자군은 기사단에게 예루살렘 사수 명령을 내렸습니다. 템플기사단과 요한기사단은 임무를 충실히 수행하지요.

이슬람군은 전열을 정비하여 중동에 있던 십자군 거점을 차례차례 공략해 나갑니다. 1291년에 전쟁은 종지부를 찍습니다. 이슬람이 기독교 세력 최후의 보루였던 아코Acco를 점령하면서 십자군은 팔레스타인 땅에서 모두 철군하게 된 것입니다.

지중해 키프로스 섬으로 물러간 기사단은 상당 기간을 버티다 엇갈린 행로를 밟습니다. 튜튼기사단은 발트 해로 가 프로이센을 식민지로 만듭니다. 요한기사단은 해적 비슷하게 변질됩니다.

템플기사단은 어떻게 됐을까요? 붉은 십자가에 흰옷을 걸친 템플기사단은 키프로스에서 물러난 뒤 유럽 전역에 흩어졌는데, 1307년 하루아침에 비극적인 종말을 맞지요.

거기엔 사연이 있었습니다. 신앙심이 강한 유럽인들은 용감한 템플기사단에게 많은 자금과 토지를 기부했습니다. 템플기사단은 전투만 능한 것이 아니라 이재에도 뛰어났다고 합니다. 기부금으로 재산을 불린 거지요.

돈과 기부받은 토지를 바탕으로 템플기사단은 현대식 은행업을 시작합니다. 템플기사단은 성지 순례자들에게 어음을 발행했습니다. 순례자들은 템플기사단 지역 본부를 찾아가 현금을 맡기고 어음 증서를 받았습니다. 그러고는 팔레스타인 지역의 템플기사단에서 어음 증서와 현금을 다시 바꾸었지요.

그런데 템플기사단의 한 기사가 놀라운 발견을 하게 됩니다. 순례자들이 맡긴 돈 가운데 8~10퍼센트만이 현금화된다는 사실을 안 것입니다. 이것은 은행의 지불 준비율과 같지요. 고객이 100억 원을 맡겨도 은행은 몇 퍼센트만 준비해도 된다는 겁니다. 전쟁 같은 비상사태가 아니면 고객이 일시에 현금을 요구하지 않기 때문입니다.

교황으로부터 면세 혜택을 받았던 템플기사단은 어음을 숨기기만 하면 세금과 상속세를 피할 수 있고 남은 돈으로 높은 이자를 받아 자산을 불릴 수 있다는 사실을 알게 됩니다. 템플기사단은 이제 유럽 최대의 헤지펀드 같은 존재로 부상하지요.

프랑스 왕 필리프 4세가 템플기사단 최대 채무자였다는 사실은 템플기사단에게는 비극이었습니다. 필리프 4세는 자기 빚을 일시에 탕감하는 것은 물론 템플기사단의 막대한 부까지 노리며 계략을 꾸밉니다.

1307년 10월 13일, 필리프 4세는 프랑스 전역에서 일시에 템플기사단을 검거합니다. 그들에게 남색, 반 그리스도, 악마 숭배 같은 죄목을 뒤집어씌우고, 날조된 혐의를 입증하려 고문도 서슴지 않았습니다.

필리프 4세는 100가지 이상의 죄목으로 혹독한 고문을 가한 끝에 템플기사단 대장 자크 드 몰레와 참모들을 센 강의 시테 섬에서 화형시킵니다. 나머지 3,000명의 기사들은 사면을 받고 국외로 떠났지요. 1312년, 교황 클레멘스 5세는 공식적으로 템플기사단의 해체를 결정합니다.

전설에 따르면, 기사단의 전 대장 베르트랑 드 블랑슈포르는 프랑스 왕의 기습이 있기 전, 스페인의 요새로 떠났으며 자크 드 몰레 역시 체포되기 직전에 각종 보물을 배에 실어 스코틀랜드로 보냈다고 합니다.

댄 브라운의 소설은 여기서 비롯되지요. 몰락한 템플기사단이 사실은 시온 수도회의 무장 조직이었고, 교황청 쪽에선 이것을 숨기려 '오푸스 데이'라는 조직을 동원한다는 겁니다. 그들이 밝히려 했던 것과 감추려 했던 것은 뭘까요. 그리스도와 막달라 마리아 사이에 낳았다는 자식입니다.

고대 기독교도들은 그리스도가 몇 가지 성물을 남겼다고 믿습니다. 그중 하나가 영화와 소설의 주요 소재가 되는 성배입니다. 음모론자들이 주장하는 가설은 성배가 술잔이 아니라, 예수의 자식이 담긴 여성의 자궁을 비유한 것으로, 즉 막달라 마리아가 낳은 예수의 딸이라는 겁니다.

예수의 후손이 존재한다는 소문은 오래전부터 있었습니다. 메로빙거 왕조의 시조 클로비스의 할아버지 메로비치 때부터 '예수 후손설'이 나돌았다고 합니다. 왕이 자기 왕국을 세울 때 자신을 그럴듯한 전설과 권위로 포장하려는 건 어디나 마찬가지일 테니까요.

템플기사단 대장 자크 드 몰레가 스코틀랜드로 보낸 보물은 템플기사단에 적대적이지 않았던 당시 잉글랜드 왕 에드워드 2세와 스코틀랜드 왕이 잘 은닉했다고 합니다. 이런 것들을 템플기사단의 뒤를 이은 프리메이슨 단원 레오나르도 다빈치가 〈최후의 만찬〉에 상징적

굳게 잠긴 템플 교회

카메라 줌을 당겨 찍은 내부로 들어가는 입구

으로 담아놓았다는 게 댄 브라운 소설의 골격입니다. 다빈치는 자기 그림에 각종 상징을 그려놓은 것으로 유명합니다.

영화화된 후 댄 브라운은 기독교계의 강력한 반발로 소송에 시달립니다. 예수 그리스도의 신성이 만일 그가 여자와 관계해 자식을 낳은 것으로 바뀐다면 2,000년 가까이 이루어놓은 교회의 역사가 일거에 바뀔 테니까요.

종교학자들에 따르면 댄 브라운의 소설은 10여 년 전에 나온『성혈과 성배』라는 책에서 상당 부분 아이디어를 차용했으며 문헌적으로 아무 근거도 없다고 합니다. 몇 가지 팩트를 흥미로 버무렸다는 거지요.

소설『다빈치 코드』의 무대는 어딜까요? 시작은 프랑스 파리의 루브르 박물관, 그중에서도 박물관 입구 앞에 자리 잡은 초대형 유리로 만든 피라미드와 레오나르도 다빈치의 그림 〈모나리자〉가 걸린 전시실입니다.

루브르 박물관은 1190년 필리프 2세가 요새로 지은 것이 그 시초입니다. 노르만족의 공격으로부터 파리를 보호하기 위해 건설된 요새는 14세기 후반 샤를 5세가 레이몽 뒤 탕플에게 성으로 개조할 것을 명하면서 바뀌지요.

16세기 들어 프랑수아 1세가 다시 왕궁으로 바꿀 것을 마음먹으며 당대 최고 건축가 피에르 레스코가 총괄 지휘를 맡고 벽면 장식은 당대 최고의 조각가 장 구종이 맡았습니다.

여기서 레오나르도 다빈치가 등장하지요. 레오나르도 다빈치는 1516년 프랑수아 1세의 초청으로 제자 프란세스코 멜지와 프랑스로 가는데, 그때 들고 갔던 그림이 바로 〈모나리자〉, 〈성 안나와 성 모자〉, 〈세례자 요한〉입니다.

루브르 궁전은 1682년 루이 14세가 거처를 베르사유 궁으로 옮기면서 박물관이 됩니다. 소수 특권층만 향유하던 이 박물관은 1789년 프랑스 혁명 직후 '국민을 위해 국가의 걸작을 전시하는 공간'으로 탈바꿈합니다.

루브르 박물관은 1793년 8월 10일 537점의 회화를 전시하면서 시민들에게 공개됩니다. 소설 속 유리 피라미드는 중국계 미국인 건축가 페이가 1983년 국제현상설계에 당선되어 6년 만에 완공했는데, 설계 당시엔 반대가 많았습니다만 1989년 3월 30일 완성되자 찬사가 쏟아집니다.

『다빈치 코드』에 등장하는 다른 무대는 영국 런던의 템플 교회와 웨스트민스터 사원, 에든버러 근교에 있는 로슬린 예배당입니다. 런던 한복판에 있는 템플 교회는 지금도 신비한 존재입니다. 템스 강 북쪽에 템플 스트리트가 있으며 영국대법원 맞은편이 템플 교회입니다.

교회 입구에 "출입하려면 교회 멤버와 동행하라"라는 문구가 쓰여있습니다. 템플기사단 영국 지부가 1185년 예루살렘 대주교의 축성을 받아 지었고 기사단의 입문 의식이 교회 지하에서 행해졌다는데, 그 비밀스러움이 실감 납니다.

에든버러 근교에 있는 로슬린 예배당의 전경

템플기사단 탄압 후 다른 기사단 소속으로 넘어가고 부지 일부가 변호사들에게 불하됐는데, 제임스 1세가 "영원히 교회를 현재의 상태로 보존하라"는 명령을 내려 지금 같은 모습을 유지할 수 있었다고 합니다.

템플 교회는 1800년대에 세 차례 복원됐고, 제2차 세계대전 중인 1941년에는 독일군 공습을 받아 1947년 건축가 월트 고드프리가 복원합니다. 이때 1666년 런던 대화재 이후 제작된 나무 실내 장식이 발견되어 화제가 됐지요.

'수도원 중의 수도원'이라는 의미로 'The Abbey'라고 불리는 웨스트민스터 사원은 11세기 '참회왕' 에드워드가 세운 성 베드로 성당이 모체입니다. 13세기 헨리 3세의 지시로 프랑스에서 유행했던 고딕 양식으로 완성됩니다.

이곳은 정복왕 윌리엄부터 엘리자베스 2세까지 역대 왕의 대관식 장소로 쓰였으며 내부에 처칠, 뉴턴, 헨델, 셰익스피어, 윌리엄 워즈워스 같은 위인들의 묘비와 기념비가 가득한, 살아 있는 역사의 현장입니다.

에든버러 남쪽 11킬로미터에 위치한 로슬린 예배당은 신비롭기 그지없는 모습인데, 1446년 스코틀랜드 명문가 오크니 백작 3세 윌리엄 싱클레어가 짓기 시작했습니다.

템플기사단의 후예로 알려진 프리메이슨 석공들이 장식한 내부는 상징들로 가득합니다. 꽃, 포도, 천사, 성서 속 인물과 이교도 '그린맨'

의 형상, 프리메이슨과 템플기사단 이미지까지 있습니다.

13인의 천사 음악가와 213개의 입방체로 인해 이곳은 일찍부터 '천사의 암호' 혹은 '암호의 채플'로 불렸는데 그중에서도 레이디 채플은 성스러운 여인 막달라 마리아를 상징하는 사선으로 휘감긴 기둥입니다.

댄 브라운의 소설이 나오기 전부터 여기에 성배가 있다는 소문이 돌았습니다. 소설에서는 "고대 로슬린 아래에 성배는 기다리노라"라는 암호에 따라 예배당 지하에 막달라 마리아의 무덤이 등장하는 것으로 설정되지만 현실은 다릅니다. 지하에 가보니 으스스한 분위기의 묘 같은 것들이 나왔는데 "영화 다빈치 코드 속 설정과 이곳은 다르다"라는 안내문이 있더군요.

12

아를,
프로방스의 햇빛과
고흐의 해바라기

저는 중고생 시절 알퐁스 도데의 「별」에서 '프로방스'라는 단어를 처음 접했습니다. 프로방스 지방을 배경으로 '뤼브롱 산맥의 양치기 소년'이 등장했지요. 그때부터 프로방스는 낭만적인 장소로 각인되었던 것 같습니다.

라틴어로 속주를 '프로빙키아Provincia'라고 하는데, 이게 프로방스의 어원이 됩니다. 로마인들에게 진정한 속주는 단 하나, 프로방스뿐이었다고 합니다. 프로방스라는 말은 듣기만 해도 아련한 향수를 불러일으킵니다. 로맨틱하고 목가적인, 도시인들이 잃어버린 황금의 이상향 같은 곳이 아닐까 상상해봅니다.

지금으로부터 126년 전, 프로방스와 론 강의 매력에 푹 빠진 천재 예술가가 있었습니다. 불행한 예술가의 대명사처럼 불리는 빈센트 반 고흐Vincent van Gogh입니다. '태양의 화가'의 일생에서 절대 빼놓을 수 없는 장소가 네 군데 있습니다. 고흐가 태어난 네덜란드, 프랑스 파리, 아를로 대표되는 프로방스, 파리 인근의 오베르쉬르 우아즈입니다. 이 네 장소 가운데 고흐의 대표작들은 주로 아를과 오베르쉬르 우아즈에서 나왔습니다. 프로방스에서 그가 머문 곳은 아를입니다. 아를은 로

마 시대에 개척된 식민 도시답게 곳곳에 원형경기장을 비롯한 유적이 많아 '작은 로마'로 불립니다.

아를에서 고흐가 그린 작품이 〈별이 빛나는 밤에〉, 〈밤의 카페테라스〉, 〈아를의 노란 집〉, 〈해바라기〉, 〈랑글루아 다리〉, 〈자화상〉, 〈붓꽃이 있는 아를 풍경〉, 〈꽃이 핀 과수원〉, 〈수확하는 사람〉 등입니다. 그중 여행객들에게 제일 많이 알려진 곳이 노란 집이었지요. 안타깝게도 노란 집은 소실되어 더 이상 그 모습을 찾아볼 수 없습니다.

아를의 원형경기장 언덕에서 비탈을 내려오면 론 강 근처에 포럼 광장이 나오는데, 이곳에 고흐가 자주 들렀던 카페가 있습니다. 이 카페에서 고흐는 독한 압생트를 마시며 감각을 극한으로 끌어올려 창작을 했다고 합니다. 다른 카페들과는 달리 샛노란 차양과 벽에 칠한 페인트 색이 아침보다 황혼이 질 무렵 더 찬란하게 빛납니다. 그런데 음식 맛은 별로였습니다. 만일 포럼 광장에 간다면 아무 카페나 들어가 고흐가 다녔던 카페를 보며 맥주 한잔하는 것도 좋으리라 생각합니다.

내친김에 아를에서 해바라기를 찾아봤습니다. 8월 초여서 그런지 고흐의 그림에 나온 강렬한 색감의 해바라기는 보기 힘들었습니다. 아를에서 아비뇽으로 가는 외곽 도로변에만 해바라기 밭이 많더군요. 고흐는 아를에서 가까운 아비뇽도 많이 찾았습니다. 론 강은 아비뇽을 거쳐 아를을 지나지요. 이 론 강의 아름다운 밤 풍경을 그린 것이

고흐가 자주 들렀다는 반 고흐 카페

뉴욕 현대미술관에 소장된 〈별이 빛나는 밤〉입니다.

고흐는 아를에 머물던 시절 예술가로서 꽃을 피우지만 첫 번째 정신 발작을 일으킵니다. 고갱을 칼로 위협하다 자기 귀를 자릅니다. 그는 왜 화사한 프로방스에서 정신병을 앓게 됐을까요. 카뮈의 『이방인』 속 태양을 떠올려보았습니다. 너무 밝은 태양이 마냥 좋지만은 않다는 생각이 들었습니다. 저 역시 프로방스의 무더위에 정신을 잃을 정도였으니까요.

빈센트 반 고흐의 짧지만 프로방스의 태양보다 더 뜨거웠던 삶을 살펴보겠습니다. 1853년 3월 30일, 네덜란드 그루트 준데르트의 장로교 목사 사택에서 테오도루스 반 고흐 목사의 아내 안나가 아이를 낳았습니다. 그들은 아이에게 빈센트 윌렘 반 고흐라는 이름을 붙였지요.

1864년 10월 1일, 아버지는 고흐를 네덜란드 제벤베르겐에 있는 기숙학교에 입학시켰습니다. 고흐는 15세에 학교를 그만뒀습니다. 형편이 악화되어 1869년 7월부터 돈을 벌어야 했기 때문입니다. 다행히 고흐는 센트 숙부 소유의 헤이그 구필 화랑에서 판화와 복제화를 팔게 됐습니다.

1873년 3월 고흐는 구필 화랑 런던 지점으로 발령 나면서 미술과 본격적으로 인연을 맺기 시작합니다. 그가 화랑에서 일한 기간은 짧았습니다. 런던에서 첫사랑에 실패한 뒤 좌절해 화랑 일에 흥미를 잃었기 때문입니다. 고흐는 툭하면 손님들에게 불친절하게 굴었고,

"나는 세상에 빚을 졌다.
 그림의 형식을 빌려 어떤 기억을 남기고 싶다."

– 빈센트 반 고흐

윗사람에게 대들었으며, 무단결근까지 일삼다가 끝내 구필 화랑에서 해고됐습니다.

그 후 고흐는 방황합니다. 탄광에 들어가기도 하고 신학 공부도 했지만 여의치 않았습니다. 가난에 시달리면서도 고흐는 틈틈이 스케치하는 것을 중단하지 않았습니다. 반복되는 스케치 속에서 고흐는 자신이 뭘 해야 하는지 찾습니다.

동생 테오에게 쓴 편지에 그의 속내가 잘 나타납니다. "다시 미술 작업을 하게 된 것이 얼마나 행복한지 말로 다 형용할 수 없다. 아직 부끄러울 정도지만 하루가 다르게 원기를 회복하고 있어."

고흐는 전통적인 기법은 물론 스케치에 필요한 해부학 지식이나 원근법을 전혀 몰랐지만, 전통 교육 위주의 미술학교 진학에는 관심이 없었습니다. 대신 화가를 한 사람 정해 그에게서 균형·명암·원근법 등 자기에게 필요한 것을 배우고 싶어 했습니다.

첫 스승은 자신보다 다섯 살 아래인 라파르트라는 화가였고, 두 번째 스승이 사촌이었던 안톤 모베였습니다. 고흐는 그들과도 사이가 좋지 않았습니다. 비평가들의 조언에도 화를 냈습니다. 조언을 자신에 대한 모욕으로 생각했기에 늘 아슬아슬한 관계였지요.

1886년에 동생 테오가 있는 파리의 몽마르트로 가지만 파리 생활도 얼마 되지 않아 끝납니다. 고흐는 이런 말을 자주 했습니다. "프랑스의 공기는 나의 생각을 맑게 해서 작업을 더할 나위 없이 순조롭게

고흐가 그린 오베르 교회를 똑같이 오마주한 사진

진행할 수 있게 해주지만, 인간적으로 혐오스러운 화가들을 만나지 않아도 되는 남프랑스의 어딘가로 떠나고 싶다." 그래서 테오는 아를에 집을 한 채 마련해줍니다. 고흐는 1886년 2월 20일에 아를의 노란 집으로 이사를 했습니다.

아를에서 고흐는 평소 존경하던 고갱을 초대해 그해 10월부터 함께 살았습니다. 생활을 이끌어간 것은 주로 고갱이었다고 합니다. 고갱이 캔버스를 준비하고 요리도 했으며 살림살이 전반을 책임졌음에도 평탄한 시절은 잠시뿐이었습니다. 성격이 깔끔하고 계획적인 고갱과 아무렇게나 되는 대로 생활하는 고흐는 사사건건 부딪치며 충돌했습니다.

그 스트레스로 고흐는 정신 발작을 일으키고 맙니다. 고갱은 1888년 12월 23일 밤을 이렇게 술회합니다. "저녁 식사를 마친 후 홀로 마을을 걷고 있다가 뒤에서 나는 발자국 소리를 들었다. 뒤를 돌아보니 면도칼을 손에 든 빈센트가 내게 달려들고 있었다."

그날 밤 고갱은 집에 돌아가길 포기하고 호텔에 묵었습니다. 다음 날 집에 가니 경찰과 군중들이 모여 웅성댑니다. 고흐가 자살을 시도했던 것입니다. 아래층 방에는 고흐가 던진 피 묻은 수건이 있었고 계단의 벽지는 피로 얼룩져 있었습니다.

이 사건으로 고흐는 아를의 정신병원에 입원했고, 고갱은 파리로 돌아갑니다. 1889년 3월 23일 동생 테오가 고흐를 병원에서 퇴원시켜 다시 노란 집으로 데려왔지만 이웃들의 반대로 고흐는 생 레미의 요양

원으로 가야 했지요.

　1890년 5월 고흐는 지긋지긋했던 요양원을 떠나 가세 박사의 도움을 받을 수 있고 파리와 가까우면서도 공기 좋고 한적한 오베르쉬르 우아즈로 향합니다. 이번에도 동생 테오가 마련해준 것입니다. 그곳에서 고흐는 두 달여 뒤인 7월 27일 권총 자살할 때까지 최후의 예술혼을 불태웁니다.

고흐와 가세 박사의 얼굴이 그려진 오베르쉬르 우아즈의 건물

파리에서 30분 거리인 오베르쉬르 우아즈는 언덕 위 오베르 교회가 눈길을 끄는 작은 마을입니다. 파리에서 칼레로 가는 고속도로를 타고 달리다 출구로 빠져나오면 우아즈 강이 보이고, 그 외길로 계속 가면 낮은 언덕 위에 고흐가 그린 교회가 보입니다. 고흐가 살던 집은 교회로 올라가기 전 왼쪽 방향 100미터쯤에 있습니다.

오베르쉬르 우아즈에서 빼놓을 수 없는 장소가 언덕 위 교회 옆길로 가면 나오는 밀밭입니다. 이 밀밭에서 고흐는 〈까마귀가 나는 밀밭〉을 남겼습니다. 우리가 갔을 때는 밀 대신 채소가 심어져 있었는데 관광객들이 황톳길로 이어진 밀밭을 순례자처럼 걷는 모습이 인상적입니다.

〈까마귀가 나는 밀밭〉과 〈별이 빛나는 밤〉은 다른 화가의 작품에서 볼 수 없는 독특하면서 굵은 붓 자국이 그대로 나타나 있는데, 이것은 고흐가 정신적 불안과 격정을 드러내기 위해 사용한 기법이라고 합니다.

밀밭 옆에는 공동묘지가 있습니다. 거기서 고흐는 평생 의지했던 동생 테오와 나란히 잠들어 있습니다.

13

엑상프로방스,
세잔의 아틀리에에서

엑상프로방스에 도착했을 때 도무지 눈을 뜰 수 없었습니다. 총천연색이라는 단어가 연상될 만큼 청색과 금색, 녹색이 한여름의 태양 아래 선명한 색조를 띠고 있습니다. 푸른 하늘 아래 금빛 건축물이 반짝입니다. 주변에 있는 투명한 녹색 분수가 하늘로 솟구치지만 열기를 식히기는커녕 내면의 정열에 오히려 불을 지르는 것 같습니다.

생전 처음 보는 낯선 풍경 때문인지 찌는 듯한 더위 때문인지 저는 엑상프로방스에서 많이 짜증이 났습니다. 프랑스인들은 엑상프로방스를 삶의 여유가 넘치는 프로방스에서도 가장 멋진 도시라고 하는데, 저는 열이 많은 체질이라 그런지 견딜 수가 없었습니다. 세월이 지난 지금은 후회스럽지만 그땐 그랬습니다.

엑상프로방스의 상징은 미라보Mirabeau 거리입니다. 1650년에 마차를 위한 광장으로 만들어졌다는 미라보 거리의 광장은 귀족들이 머물던 곳이었습니다. 지금은 호텔과 오피스 건물과 카페로 바뀌었지만 건물들은 여전히 기품이 넘치며 하나같이 밖을 조망할 수 있는 테라스가 있지요.

미라보 거리 초입에서 대형 분수가 물을 뿜어냅니다. 뒤쪽으로 마로니에가 병사처럼 좌우로 도열해 있습니다. 병사들이 일사병이라도 걸릴까 우려했는지 이 거리에는 일정한 간격마다 분수가 배치되어 있습니다.

엑상프로방스가 고대부터 프로방스의 중심이 된 것은 물 때문이었습니다. 물이 귀한 남부지만 엑상프로방스만은 곳곳에 샘이 흘러 뜨거운 여름에도 갈증을 느끼지 못했던 겁니다.

"그는 붓을 잡을 생각은 하지도 않고
도마뱀처럼 햇볕을 쬐면서 가만히 서 있는 경우가 많았다.
그는 사물이 머릿속에 들어와 명확한 개념을 형성할 때까지
하염없이 기다리는 것이다."

- 앙젤리 라모트

세잔의 아틀리에는 학생들에게 인기가 높다.

19세기 후반 베르동 운하와 졸라 댐이 세워지면서 엑상프로방스는 물의 도시가 됐습니다. 미라보 거리를 등지고 도시의 한가운데로 파고 들면 좁은 골목과 작은 광장과 야트막한 언덕의 연속입니다.

제가 묵은 곳은 '카페 데 되 가르송Cafe des deux garçons'과 맞붙어 있습니다. 카페 데 되 가르송의 간판에는 '1792'라는 숫자가 적혀 있습니다. 엑상프로방스의 열기와 장시간 운전에 지쳐 지나쳤는데, 알고보니 그곳은 '현대 미술의 아버지'라고 불리는 폴 세잔Paul Cezanne이 가장 사랑한 장소였습니다. 엑상프로방스에서 가장 오래된 이 카페는 세잔이 친구 에밀 졸라와 함께 문학과 예술을 논했던 곳입니다.

다음 날 커피 한 잔을 마신 뒤, 미술영재까지 될 정도로 그림에 재능이 많은 아들과 세잔이 거주한 아틀리에를 찾아 길을 나섭니다. 엑상프로방스 시는 도로 표지판마다 '세잔'이라는 이름을 새겨놓았습니다. 그만큼 이 화가를 자랑스럽게 여깁니다.

길을 잃었다고 겁낼 필요는 없습니다. 엑상프로방스 어디서도 "세자안"이라고 하면 프랑스인들은 "오! 세자안?" 하며 손가락으로 한 지점을 가리킵니다. 손짓이 가리키는 곳만 따라가면 세잔의 아틀리에입니다. 반드시 기억해야 합니다. '세잔'이 아닌 '세자안'이라는 것을…….

세잔의 아틀리에는 언덕 중턱에 있습니다. 도로 쪽 문으로 들어가면 오른쪽이 아틀리에, 왼쪽은 정원으로 가는 길입니다. 건물 안으로 들어가니 성격 고약한 할머니 안내인이 얼굴을 찌푸리고는 핸드폰만 보았을 뿐인데도 사진 촬영은 절대 안 된다고 불친절하게 말해 기분을 상하게 합니다.

"한국인이 많이 오나요?" 하고 물었더니 이런 식으로 대답하더군요. "정말 많이 와요. 두 번째로 많이 오는 게 브라질인이고. 왜 이렇게 여기를 찾는지 모르겠네."

세잔의 아틀리에는 2층에 있는데, 정원 쪽으로 난 창문을 통해 보이는 엑상프로방스의 조망이 멋집니다. 벽에는 그림 몇 점과 세잔이 정물화를 그릴 때 쓴 미술 도구가 걸려 있고, 1층 입구에선 세잔과 관련된 엽서나 달력 같은 기념품을 판매하고 있습니다.

여기서 3킬로미터 떨어진 곳에 세잔의 가족들이 40년간 소유했던 별장 '자 드 부팡Jas de Bouffan'이 있습니다. 세잔이 이곳에서 영감을 많이 받았다고 하는데, 총 36점의 유화와 17점의 수채화가 탄생한 곳입니다.

폴 세잔이 엑상프로방스에서 태어난 것은 1839년 1월 19일입니다. 세잔의 조상들은 원래 이탈리아에서 살다 프랑스로 이주했습니다. 아버지 루이스 아우구스테 세잔이 세운 은행이 엑상프로방스에 남아 있습니다.

아버지의 은행은 훗날 세잔에게 유산으로 남아 미술가로 활동하는데 큰 자산이 됐지요. 어머니 안느는 낭만적이고 명랑한 성격의 소유자로, 세잔이 인생의 방향을 잡는 데 큰 역할을 했습니다. 세잔의 밑으로는 두 여동생 메리와 로즈가 있었습니다.

열 살이 되던 해 세잔은 요셉 학교에 입학했으며, 1852년 훗날 친한 친구가 된 자연주의 소설가 에밀 졸라Émile Zola를 콜라주 부르봉에서 만납니다. 세잔과 졸라의 우정은 졸라가 집단 따돌림을 당한 사건에서 시작됐습니다.

졸라는 어린 시절 가난하고 병약하며 왜소했는데 그가 친구들에게 괴롭힘을 받을 때마다 덩치 큰 세잔이 구해줬습니다. 두 사람은 '레트로아 앵세파라블Les trois inseparable', 즉 떼려야 뗄 수 없는 친구 사이가 됩니다.

세잔은 1857년 스페인 신부 조셉 지베르에게 미술을 배웠지만, 아버지는 세잔이 법률가가 되기를 원했습니다. 세잔은 미술을 배우면서 엑상프로방스 대학에서 법률 공부를 병행하다가 1861년 미술가로서 성공하기 위해 파리로 갑니다. 아버지가 강권한 법률 공부를 포기하기까지 파리에 있던 친구 졸라의 영향이 컸습니다.

어린 시절부터 돈독한 우정을 나누어온 두 사람은 30년간 편지를 교환했는데 세잔은 이 편지에 그림을 많이 그려 넣었지요. 죽마고우 관계에 종지부를 찍은 게 졸라의 소설 『작품』입니다. 이 소설에 등장하는 재능 없는 화가 클로드가 세잔을 모델로 했다는 이야기가 나온 겁니다.

『작품』에 나오는 화가 클로드와 세잔은 비슷한 점이 많았습니다. 그뿐 아니라 다른 등장인물들도 졸라를 비롯해 실제 인물들과 유사했습니다. 충격을 받은 세잔은 1886년 4월 졸라에게 결별의 편지를 보냅니다. 세잔은 졸라의 소설에 대해 "이렇게 훌륭하게 추억을 담아줘 고맙다"라고 비꼬았습니다. 그 후 세잔은 다시는 졸라를 만나지 않았다고 합니다.

세계 미술사에 한 획을 그은 세잔이지만 처음부터 그의 출세가 순탄하지는 않았습니다. 살롱에서 낙선이 거듭됐습니다. 살롱은 당시 신예 화가들의 등용문이었는데, 세잔은 1863년부터 1870년까지 내리 떨어져 단 한 점의 당선작도 내지 못했습니다. 귀족들의 입맛에 맞는 아카데미즘이 주류를 이루었기 때문이지요.

격분한 세잔은 1866년 4월 살롱의 미술 담당 책임자 니외베르케르크 백작에게 '거만한 편지'를 보냅니다. "나는 살롱의 심사위원들을 믿을 수 없으며 예술가는 자기 작품을 직접 관객들에게 보일 권리가 있습니다. 낙선작을 모은 전시회를 열어주시길 바랍니다."

세잔은 당시 무시당하던 정물화에 관심을 기울였습니다. 정물화는 18세기까지 인기를 끌었지만 세잔이 활동하던 시기 화단을 지배하던 신고전주의와 낭만주의는 정물화를 천대했습니다.

여러 실험을 거듭하던 세잔은 1870년 살롱에 제출한 그림이 다시 낙선하자, 1872년 카미유 피사로와 퐁투아즈로 갑니다. 그 이전부터 세잔은 인상주의 화가 피사로를 스승처럼 모셨지요. 퐁투아즈 근처 오베르쉬르 우아즈에서 그린 세잔의 풍경화를 보면 인상주의로 서서히 변하고 있음을 알 수 있습니다.

피사로는 세잔뿐 아니라 폴 고갱과 빈센트 반 고흐까지 인상주의 화가 대열에 합류시켰던 인물입니다. 파리 근처 퐁투아즈, 오베르쉬르 우아즈, 지베르니 등에서 활동하던 인상주의 화가들은 1874년에 뜻을 규합합니다.

고루하기 짝이 없는 살롱전에 구차하게 매달리지 않고 자신들의 힘만으로 낙선전, 즉 인상주의 전시회를 연 것입니다. 모네의 아이디어였습니다. 그해 4월 15일부터 한 달간 열린 인상주의 전시회에 드가, 기요맹, 피사로, 르누아르, 세잔 등 30여 명의 화가가 참여합니다.

세잔은 정물화의 불문율도 깼습니다. 당시 과일 그릇과 병은 수직

미라보 거리. 밤이 깊어도 청춘을 즐기는 성춘들로 붐빈다.

으로 그리지 않았고 테이블 모서리가 절대 테이블보 밖으로 나오지 않게 했습니다. 세잔은 이런 것들을 무시하면서 '세잔 스타일'을 만들었습니다.

세상을 바꾼 세 개의 사과가 있다고 하지요. '아담과 이브의 사과'와 만유인력의 법칙을 발견한 '뉴턴의 사과' 다음으로 꼽히는 게 정물화 중에서도 사과를 즐겨 그린 '세잔의 사과'입니다. 이게 어떻게 세상을 바꿨다는 것일까요?

세잔은 어릴 적부터 정물화를 그릴 때 사과를 선택했는데 여기엔 이유가 있다고 합니다. 사과는 섹스의 상징이며 어린 시절 놀림당하던 졸라를 구해줬을 때 그가 내민 것도 사과였기 때문입니다. 세잔은 "사과로 파리를 점령하겠다"라며 성공을 다짐했다고 합니다.

세잔은 인기를 얻고 돈도 벌었지만 다시 엑상프로방스로 돌아와 작품 활동을 했습니다. 그가 집중한 주제는 정물화, 인물화, 풍경화와 목욕하는 사람이었습니다. 목욕하는 사람의 모델로는 아내와 아들과 이웃, 미술 경매장 딜러까지 등장했지요.

1888년 아버지가 사망하면서 세잔의 가족은 자 드 부팡의 저택으로 거처를 옮기게 됩니다. 자 드 부팡에 머물던 시절, 세잔은 그림 그리는 것에 집중할 수 없었습니다. 당뇨병을 앓으면서 성격도 불안정해졌기 때문입니다. 이로 인해 부부의 불화가 시작됐고 결국은 별거하게 됩니다.

아내가 떠난 뒤 세잔의 유일한 낙은 뤼브롱 산맥에서 뻗어나온 생트 빅투아르 산의 환상적인 풍경을 화폭에 옮기는 것이었습니다. 1906년 사망할 때까지 세잔은 엑상프로방스의 아틀리에에서 그림에만 몰두했습니다. 세잔이 죽은 이듬해 파리에서 그의 회고전이 열리면서 그는 '19세기의 가장 영향력 있는 화가'이자 '입체파의 아버지'로 격상됐습니다.

14

샤갈의 마을엔
진짜 눈이 내린다

샤갈의 마을에는 3월에 눈이 온다
봄을 바라고 섰는 사나이의 관자놀이에
새로 돋은 정맥이
바르르 떤다
바르르 떠는 사나이의 관자놀이에
새로 돋은 정맥을 어루만지며
눈은 수천수만의 날개를 달고
하늘에서 내려와 샤갈의 마을의
지붕과 굴뚝을 덮는다
3월에 눈이 오면
샤갈의 마을의 쥐똥 같은 열매들은
다시 올리브빛으로 물이 들고
밤에 아낙들은
그해의 제일 아름다운 불을
아궁이에 지핀다

김춘수 선생의 시 「샤갈의 마을에 내리는 눈」입니다. 보르도-아비 뇽-루르마랭-니스로 가는 길에 있는 샤갈이 살던 생폴드방스 Saint Paul de Vence 를 두고 쓴 시입니다.

생폴드방스는 영화제로 유명한 칸 Cannes 에서 니스 Nice 로 가는 도로 에서 벗어나 산으로 향하는 곳에 있습니다. 지척에 샤갈과 함께 '현대 회화의 대가'로 불리는 파블로 피카소가 살았던 앙티브 Antibes 가 있습 니다.

생폴드방스 성곽 위에서 내려다본 거리

마르크 샤갈Marc Chagall의 본명은 '모이셰 세갈Moyshe shagal'입니다. 이름에서 연상할 수 있듯 그는 유대인입니다. 아버지 자카르는 청어 창고의 사무원이었고 어머니 페이가 이타는 작은 잡화점에서 장사를 했습니다.

샤갈의 생애는 유대인의 혼을 떼어놓고 설명할 길이 없습니다. 샤갈이 만든 상상의 세계에 그가 머물렀던 유대인 촌락 공동체 게토 슈테틀의 전통이 살아 숨 쉬고 있기 때문입니다. 그것이 그를 몽상의 은유작가로 만들었습니다.

어머니가 운영했던 잡화점을 샤갈은 이렇게 회상합니다. "통 속에 든 청어, 귀리, 각설탕, 밀가루, 푸른 봉지에 담긴 초, 이런 것들을 어머니는 팔았다. 농부들, 상인들, 성직자들이 낮은 소리로 속삭이고 저마다의 냄새를 풍겼다."

샤갈의 가족들은 석유 등잔불이 밤을 밝히는 거실에 모여 저녁 식사를 했습니다. 벽에는 괘종시계가 걸려 느릿느릿 흘러가고 있습니다. 바로 이 풍경이 샤갈의 1909년 작 〈안식일〉이라는 유화에 그대로 표현됩니다.

1906년 샤갈은 가난에 시달리던 부친을 위해 사진관에서 리터치 일을 하다가 1907년 달랑 27루블을 들고 러시아의 수도 상트페테르부르크로 갑니다. 거기서 그는 예술가들을 후원했던 골드베르크 변호사를 만납니다. 그는 샤갈을 직원으로 고용했지요. 그 덕분에 샤갈은 예술원

부속 왕립미술학교에 다닐 수 있었습니다.

상트페테르부르크에서 샤갈은 예술에 흠뻑 빠집니다. 알렉산드르 3세 미술관을 드나들며 안드레이 루블료프의 성상화에 매료되는데 루블료프는 이탈리아 피렌체 출신의 화가로 르네상스 회화의 시조라고 불리는 대가였습니다.

샤갈은 즈반체바 미술학교에도 다녔습니다. 디자이너이자 즈반체바 미술학교의 교장인 화가 레온 박스트가 그를 학생으로 받아들이고 훗날 제자로 삼습니다. 박스트가 샤갈을 평한 말이 전해집니다.

"샤갈은 나의 애제자다. 그는 내 설명을 경청하고 나서 붓과 파스텔을 손에 쥐고는 내 그림과는 전혀 다른 그림을 그렸다. 내가 전혀 알지 못한 그의 독특한 개성과 기질을 표현하는 것이었다. 내가 그를 사랑한 것은 그런 이유에서다."

샤갈은 1910년 처음 파리로 갑니다. 박스트의 권유가 있었습니다. 샤갈 역시 러시아에서 했던 공부에 만족할 수 없었고 기존의 예술단체나 집단을 모두 거부하고 독자적인 길을 걷기로 마음먹었던 터여서 파리행은 자연스럽게 이루어집니다.

그곳에서 샤갈은 모딜리아니, 수틴, 아르키펭코, 레제 같은 젊은 예술가들을 만납니다. 그들은 당시 실험을 하고 있었습니다. 야수주의와 입체주의였지요. 이때의 교류가 인상 깊었는지 샤갈은 "파리야말로 나의 예술과 인생의 진정한 배움터"라는 말을 남깁니다.

생폴드방스의 골목 풍경

1914년 샤갈은 러시아로 돌아갔지만 러시아 혁명과 제1차 세계대전을 겪은 뒤 다시 파리로 되돌아왔습니다.

샤갈은 1941년부터는 7년간 미국에 체류했습니다. 나치를 피하기 위해서였지요. 이렇게 삶의 전반기를 혼돈 속에 보냈기에 그의 작품에 등장하는 파괴성은 혁명과 전쟁의 산물이라는 생각이 듭니다. 세상을 떠돌았지만 샤갈은 평생 고향을 그리워했습니다. 다만 돌아갈 수 없었을 뿐이지요.

샤갈의 반려자는 어릴 적 친구 벨라 로젠펠트였습니다. 그는 〈생일〉, 〈술잔을 들고 있는 이중 초상〉에 등장합니다. 1944년 미국에서 그녀가 바이러스에 감염되어 갑자기 사망하자 샤갈은 우울증에 빠집니다.

아홉 달이나 붓을 들지 못했던 샤갈은 딸 이다의 소개로 버지니아 해거드를 만나 7년간 연인으로 지냈고, 1952년 발렌티나 브로드스키와 재혼합니다.

샤갈이 평생 열정을 가진 대상은 성서였습니다. 그는 1950년부터 성서 속의 삽화를 그리는데 69세에 시작한 작업이 81세가 되어서야 끝나게 됩니다. 1973년 국립 마르크 샤갈 성서미술관이 개관할 때는 이런 말도 남깁니다.

"나는 성서야말로 시대를 불문하고 시 문학의 가장 위대한 원천이라고 믿었으며 지금도 그렇게 믿고 있습니다. 성서는 자연의 메아리입니다."

"인생이나 예술이나 모든 것은 변한다.
 우리가 사랑이라는 단어를 부끄러워하지 않고 입 밖에 낸다면…….
 진실한 예술은 사랑 안에서만 존재한다."

– 마르크 샤갈

샤갈의 가족사진.
왼쪽에 있는 아내 벨라는 샤갈의 작품에 자주 등장한다.

샤갈의 활동 폭은 넓었지요. 회화뿐 아니라 스테인드글라스·도자기·판화·벽화에서도 재능을 발휘했습니다. 첫 개인전을 1차 세계대전 직전 베를린에서 열었습니다.

샤갈은 피카소와 함께 현대미술에서 가장 중요한 화가로 꼽힙니다. 1977년에는 프랑스 정부로부터 레지옹 도뇌르 훈장을 받았고, 생존화가로 파리 루브르 박물관에 작품이 걸리는 영광도 맛보았습니다.

그는 1985년 97세로 사망할 때까지 마지막 20년을 생폴드방스에서 살았습니다. 난해하기 그지없는 초현실주의로 불린 자기 작품에 대해 그는 "그것은 비이성적 꿈이 아니라 실체의 추억을 그린 것"이라고 했습니다.

샤갈의 그림에는 동물이 많이 등장하는데, 그 동물은 인간과 동등한 존재입니다. 초록색 염소는 러시아에서 살아가는 유대인 가정, 비둘기는 연인, 안개꽃은 평화, 소는 고향을 표현하는 상징으로 쓰입니다.

그의 대표작 가운데 하나인 〈나와 마을〉에도 상징이 가득합니다. 염소젖 짜는 여인은 자기 아내가 될 사람이 자신과 가족을 위해 젖을 짜는 장면을 암시하지요. 그림 아랫부분의 생명나무는 여인에게 영원히 헤어지지 말자는 프러포즈로, 성서 창세기에 등장하는 아담과 이브가 따 먹은 선악과가 달린 생명나무를 염두에 둔 것이며, 윗부분의 교회는 여인과 결혼식을 올릴 거라는 뜻입니다. 여인이 거꾸로 매달린 장면은 하루 종일 마음 졸이며 남편을 기다리는 여인의 심정을 보여주며, 낫을 든 남자는 일을 마치고 집으로 돌아가는 행복감의 표현이고, 검은색은 죽음의 뉘앙스가 아니라 밤을 상징한다고 합니다.

샤갈이 살았던 생폴드방스는 정말 프로방스적 색채가 물씬 풍기는 아름다운 마을입니다. 언덕을 한참 올라가면 마그 재단 미술관이 나오고 오른편으로 중세 성곽에 둘러싸인 마을이 시작됩니다.

철제 대포가 성벽에 박혀 있는 궁륭형 문을 지나면 좁은 골목 사이로 아틀리에와 기념품 판매점과 각종 향을 파는 가게가 이어지지요. 성곽 너머로는 니스의 해변이 펼쳐집니다.

반대편 산으로는 또 다른 마을이, 아래쪽에도 또 다른 마을이 샤갈이 살던 동네를 감싸고 있는 풍경이 동화 속의 한 장면 같습니다. 햇볕 좋은 날에는 니스의 해변에서 파도가 넘실대는 푸른 바다까지 보입니다.

생폴드방스는 마을 전체가 샤갈 박물관이라고 해도 과언이 아닙니다. 진품은 없지만 도로 표지판이나 게시판에 샤갈 그림이 빠짐없이 들어가 있고, 후배 예술가들이 앞다투어 마을 곳곳에 자기 작품을 헌정했습니다.

샤갈의 마을에 마음을 뺏긴 나머지 이틀 연속 그곳을 찾았습니다. 첫날은 봄이 온 것처럼 햇볕이 화사했고, 둘째 날은 비가 내려 촉촉하게 대지를 적셨지만 구름 낀 비 오는 날도 그런대로 운치가 있었습니다. 몇 백 년이 된 듯한 돌 사이로 빗물이 흐르고 어두운 구름 속에 대낮부터 불을 밝힌 골목 속 상점을 보며 샤갈이 그렸던 환상의 세계에 빠져드는 것 같은 느낌을 받았지요.

이렇게 세상은 날씨를 바꾸며 변주하고 있었습니다.

15

피카소는
앙티브의 파도를
사랑했다

Pablo Ruiz y PICASSO

Peche de nuit à Antibes
Night Fishing at Antibes

다음은 생폴드방스 바로 옆에 있는 앙티브로 향했습니다. 프로방스의 알프코트다쥐르 주에 있는 인구 8만 명의 도시입니다. 화초·오렌지·올리브 같은 원예의 중심지이자 지중해에 접해 있는 대표적 휴양지이지요.

앙티브를 무대로 한 명작이 두 편 있습니다. 우선, 클로드 모네가 1888년에 그린 〈앙티브의 아침〉입니다. 나무 사이로 하얗게 반짝이는 앙티브 해변과 성곽이 나오는 작품이지요. 누군가 이 마을을 '남프랑스의 보석'이라 표현했듯 과연 휘황찬란한 느낌입니다.

파블로 피카소Pablo Picasso의 작품 〈앙티브의 밤낚시〉도 앙티브를 유명하게 만든 명작입니다. 모네와 피카소의 필치는 느낌이 사뭇 다릅니다. 모네가 구상인데 비해 피카소는 추상이지요.

피카소의 그림은 파시스트의 폭격을 받은 바스크 마을의 참상을 그린 작품 〈게르니카〉처럼 우울한 내용이 주를 이뤘지만, 〈앙티브의 밤낚시〉에선 절망이나 분노가 느껴지지 않습니다. 작살을 들고 바닷속의 물고기를 겨냥한 사람, 뱃전에 엎드려 물속을 들여다보는 사람이 있습니다. 바닷물의 빛깔은 지중해답게 밤이 되어도 연청색을 띠고, 청색·보라색·암갈색·붉은색이 한데 섞여 평온한 기색을 띱니다.

앙티브는 이름에서 알 수 있듯 옛 그리스가 건설한 마을입니다. 그리스식 이름으로는 '안티폴리스'라고 부르지요. 안티폴리스의 중심부에 있던 아크로폴리스에 훗날 이탈리아인들이 성을 짓습니다. 이것이 그리말디 성입니다.

1946년 피카소가 이곳을 방문합니다. 어린이 미술 작품 전시회를 보러 왔는데, 지중해 파도가 끊임없이 몰아치는 성에 한눈에 반하고 말지요. 앙티브 시가 성의 일부를 화실로 제공하고 피카소는 여기서 정열을 불태웁니다.

〈삶의 기쁨〉, 〈사티로스〉, 〈염소〉 같은 작품이 그리말디 성에서 그려졌는데 피카소는 그림·드로잉·판화·도자기 작품을 망라해 총 245점을 앙티브 시에 기증합니다. 이것이 파리, 바르셀로나에 이어 그리말디에 피카소 미술관이 건립된 계기입니다.

미술관은 바다가 내려다보이는 언덕에 자리 잡고 있습니다. 바다와는 직선거리로 30미터쯤 될까요. 파도가 심한 날이면 미술관까지 파도의 물방울이 튈 만큼 가깝습니다.

앙티브에는 다른 예술가의 자취도 많습니다. 스콧 피츠제럴드, 데이비드 허버트 로렌스, 캐서린 맨스필드, 서머싯 몸, 올더스 헉슬리 같은 작가부터 브리지트 바르도, 카트린 드뇌브 같은 배우들도 앙티브를 사랑했습니다.

앙티브를 유명하게 만든 것이 일군의 예술가들, 그중에서도 피카소

"아파트나 장식하자고 그림을 그려서는 안 된다.
그림은 적을 공격하거나 방어하기 위한 전쟁의 한 도구다."

- 파블로 피카소

피카소 미술관 바로 밑 재래시장에는 골목에 가게들이 줄지어 있다.

라면, 지금 앙티브에 전 세계인들을 끌어모으는 것은 세계적인 재즈 축제입니다. '주앙 레 팽 국제 재즈 페스티벌'은 매년 7월 10일부터 20일 사이에 열립니다.

'아를의 고흐', '지베르니의 모네', '루르마랭의 카뮈', '생폴드방스의 샤갈'처럼 앙티브의 상징이 된 피카소는 스페인 말라가에서 1881년 10월 25일 태어났습니다.

피카소의 아버지 호세 루이지 브라스코는 미술 교사였으며, 한때 말라가 미술관의 큐레이터이자 실내 장식 전문가였습니다. 그 영향인지 피카소는 말을 배울 무렵부터 그림을 그렸습니다. 대신 말하기나 글쓰기 같은 능력은 낙제에 가까웠습니다.

열 살 때 피카소는 아버지가 재직하는 학교에 진학해 본격적으로 미술 수업을 받았습니다. 아버지는 데생을 중요하게 여겨 죽은 비둘기를 고정시켜 세밀하게 그리거나 사람 손을 마음에 들 때까지 반복해 그리게 했습니다. 이 기초 작업이 완성되지 않으면 물감에 손도 못 대게 했는데, 나중에 아들이 그린 비둘기가 얼마나 생생했던지 아버지는 그 자리에서 자신이 사용하던 물감과 팔레트 등 화구 일체를 물려주고 다시는 그림을 그리지 않았다고 합니다.

아버지의 재능과 어머니의 용기를 이어받은 피카소는 14세 때 바르셀로나 론자 미술학교에 장학생으로 입학했으며, 16세 때 첫 작업실을 열면서 스페인의 모든 미술 대회를 휩씁니다. 천재라는 소리가 항상 뒤따랐습니다.

피카소의 생애와 연관된 도시는 많지만 바르셀로나를 빼놓을 수 없습니다. 그가 바르셀로나에 가게 된 것은 아버지가 1895년 라론하 미술학교로 발령이 났기 때문입니다.

피카소는 첫눈에 이 정열적인 도시에 빠져듭니다. 약동하는 생명력과 개성과 자유가 넘치는 도시라는 사실을 금방 알아챈 겁니다. 여기서 그는 라론하 미술학교에 들어가기 위한 입학시험을 치르면서 또한 번 명성을 자랑합니다. 고전 미술에 집착했던 학교 측은 '고전 미술, 자연, 조형, 유화'를 과제로 냈는데, 보통 학생들에게 한 달을 주고 그려오라고 했던 것을 피카소는 하루 만에 완성했다고 합니다. 그것도 완벽하게 다듬어진 작품이었다고 하니 시험관들은 입을 다물지 못했겠지요.

그해 피카소는 마드리드 박람회에 제출한 〈과학과 자비〉가 특선으로 뽑혀 산페르난도 왕립미술학교에 입학했지만 학교 수업을 듣는 대신 미술관·카페·사창가를 배회하며 그림을 그리는 데 열중했습니다.

1900년 10월 피카소는 파리로 옵니다. 〈임종의 순간〉이라는 작품이 그해 파리 박람회 마드리드관에 걸리게 된 것입니다. 파리에서 그는 '색채'를 발견하면서 몽마르트에 작업실을 열고 세잔과 드가의 작품들을 접합니다.

피카소의 특징은 욕심이 많다는 것이었습니다. 그는 다작을 했습니다. 회화 1,885점, 조각 1,228점, 도자기 2,280점, 스케치 4,659점,

판화 3만 점 등 평생 남긴 작품이 모두 5만여 점이나 됩니다.

작품 욕심만큼이나 그는 여자에 대한 열정과 탐욕도 남달랐습니다. 놀랍게도 그와 함께 살았던 여자들은 한결같이 "피카소와 지낸 시절이 가장 행복했다"라고 고백했다고 합니다. 평생 그가 사랑한 여자가 일곱 명인데, 두 명은 그를 잊지 못해 자살했고, 두 명은 정신이상이 됐으며, 한 명은 요절했습니다. 옴므 파탈, 위험할 정도로 매혹적인 남자라는 호칭이 무리 없이 어울린다는 생각도 듭니다.

1973년 4월 8일 92세의 나이로 피카소는 삶을 마치고 눈 내리는 생트 빅투아르 산기슭 보방 오그리라는 산비탈에 묻힙니다. 피카소는

피카소 미술관 앞에 걸린 피카소의 얼굴

죽기 전 "진실은 존재할 수 없는 것이다"라고 했는데, 여러 여자들과 염문을 뿌리고 일생의 연인이 일곱이나 되었던 그에게 단 하나뿐인 불변의 진실이란 의미가 없었던 것 같습니다.

천재는 필연적으로 광기를 지니게 된다지요. 전 생애에 걸쳐 화려한 성공을 맛보며 여러 여인과 열렬한 사랑을 나누고, 사후에는 위대한 화가로 추앙받는 성공의 표본과도 같은 피카소였지만 오히려 불행했던 삶이 아닌가 하는 생각도 듭니다.

그런 제 상념을 아는지 모르는지 앙티브 해변에는 무심한 파도가 철썩이고 빗발은 지중해를 적시고 있습니다.

16

카뮈가 살았던
루르마랭의
골목을 찾아

코트다쥐르는 지중해 쪽 프랑스에서 이탈리아 해변을 일컫는 말이지요. 흔히 프랑스령 리비에라라고도 합니다.

코트다쥐르에서 가장 유명한 것은 뤼브롱 산맥입니다. 알퐁스 도데의 단편 「별」의 배경이 되는 산군Lubéron이 동서로 이 지방을 장벽처럼 감쌉니다.

뤼브롱 산맥, 론 강과 함께 코트다쥐르를 상징하는 것이 '미스트랄Mistral'입니다. 미스트랄은 이탈리아 알프스에서 발원해 아비뇽 - 아를 - 지중해로 이어지는 계곡을 따라 겨울부터 봄까지 부는 차가운 북서풍의 이름입니다.

남쪽에서 지중해 쪽 훈훈한 공기가 밀려와 냉기와 온기가 뒤섞일 때는 날씨가 변화무쌍하지요. 사람들은 니스 - 칸 - 몬테카를로 - 이탈리아 산레모로 이어지는 해변을 떠올리지만, 예술가들에겐 산과 바람과 바다가 영감을 불러일으킨다고 합니다.

아비뇽에서 한 시간 거리에 루르마랭Lourmarin이라는, 인구가 1,000명 남짓한 동네가 있습니다. 작가 알베르 카뮈Albert Camus가 생의 마지막을 보낸 곳이지요. 여기서 살던 카뮈는 친구 차를 타고 파리로 가던 중 교통사고로 사망합니다.

카뮈는 프랑스 식민지였던 알제리에서 태어났습니다. 군인이었던 아버지는 카뮈가 한 살 때 제1차 세계대전에 참전해 사망합니다. 할머니, 어머니, 형, 두 명의 외삼촌과 알제리에서 살던 카뮈는 1923년 프랑스 중학교에 진학했습니다.

그는 알제리 대학을 폐결핵에 걸려 중퇴하고 고학하면서 가정교사·자동차 수리공·기상청 인턴으로 일하기도 했습니다. 가난했지만 멋쟁이여서 명배우 험프리 보가트에 비교됐고 축구를 좋아했다고 합니다.

젊은 시절 카뮈는 방랑했습니다. 어머니의 나라 스페인에서 내전이 일어나자 프랑스 공산당원이 됐고 알제리 공산당에도 가입했습니다. 훗날 트로츠키주의자로 몰려 제명당한 뒤 공산당의 교조주의를 비난하긴 했지만 말이지요.

카뮈가 문학에서 입지를 다진 계기가 제2차 세계대전이었습니다. 군 입대를 결심했으나 폐결핵 때문에 뜻을 이루지 못하자 카뮈는 레지스탕스 조직 '콤바'에 가담해 지하신문을 통해 독일에 저항하는 필치를 휘두릅니다.

이때 사르트르와 교류하지만 공산주의에 대한 입장의 차이로 둘은 곧 소원해지지요. 이미 공산주의에 실망한 카뮈는 『반항하는 인간』이

"나의 날들을 줄곧 따라다니는 저 샘물 소리.
샘들은 햇빛 밝은 돌판을 거쳐 와 내 주위에서 흐른다.
이윽고 내게 더 가까운 곳으로 와서 흐른다.
그리하여 나는 이제 그 소리를 내 안에 갖게 되리라.
마음속의 그 샘. 그 샘물 소리는
나의 모든 생각들과 함께 흐르리라. 그것은 망각이다."

– 알베르 카뮈

라는 책을 통해 공산주의의 모순을 폭로합니다.

카뮈가 쓴 명작 『이방인』, 『페스트』, 『시지프 신화』, 『전락』은 전후 암울했던 시대 상황의 산물입니다. 부조리극의 상징이 된 카뮈의 부조리는 『이방인』의 첫 문장부터 건조한 문체로 나타납니다.

"오늘 엄마가 죽었다. 아니 어쩌면 어제. 양로원으로부터 전보를 한 통 받았다. '모친 사망, 명일 장례식. 근조.' 그것만으로는 아무런 뜻도 없다. 아마 어제였는지도 모르겠다. 양로원은 알제에서 80킬로미터 떨어진 마랭고에 있다. 2시에 버스를 타면, 오후 중에 도착할 수 있을 것이다."

1957년 노벨 문학상을 수상하며 카뮈는 명성과 함께 부도 얻습니다. 그는 밝고 한적한 새로운 집필 환경을 찾습니다. 그에게 루르마랭으로 이사할 것을 권한 사람이 대학 시절부터 스승인 철학자 장 그르니에입니다.

그해 10월 집을 산 이후 이런 글도 남겼습니다. "나는 건조하고 싸늘한 미스트랄 바람 속에서 밤 기차를 타고 와 내렸다. 반짝이는 햇빛 속에서 하루 종일 기분 좋은 흥분을 주체할 수 없다. 전신에 힘이 솟아나는 기분이다. 텅 빈 집에 붉은 낙엽들이 바람을 타고 날아드는 것을 바라보다. 미스트랄 바람."

카뮈는 태양을 유난히 사랑한 것 같습니다. 『이방인』에 나오는 그

유명한 문장도 태양과 관련이 있습니다. 김화영 고려대 명예교수가 번역해 민음사에서 출간한 『이방인』에 나오는 내용입니다.

"뜨거운 햇볕에 뺨이 타는 듯 했고 땀방울들이 눈썹 위에 고이는 것을 나는 느꼈다. 그것은 엄마의 장례식을 치르던 그날과 똑같은 태양이었다. 특히 그날과 똑같이 머리가 아팠고, 이마의 모든 핏대가 한꺼번에 다 피부 밑에서 지끈거렸다. 그 햇볕의 뜨거움을 견디지 못하여 나는 한 걸음 앞으로 나섰다. 나는 그것이 어리석은 짓이며, 한 걸음 앞으로 몸을 옮겨본댔자 태양으로부터 벗어날 수 없다는 것을 알고 있었다. 그렇지만 나는 한 걸음, 다만 한 걸음 앞으로 나섰던 것이다. 그러자 이번에는 아랍인이, 몸을 일으키지는 않은 채 단도를 뽑아서 태양 빛에 비추며 나에게로 겨누었다."

카뮈는 주인공 뫼르소를 통해 인간성을 상실해가는 현대인의 부조리한 모습을 보여줍니다.

루르마랭에서 카뮈의 집을 찾는 것은 그리 어렵지 않습니다. 동네 어귀 무료 주차장에 차를 세우고 50여 미터를 걸어가면 두 갈래 길이 나옵니다. 왼쪽이 카뮈의 집으로 가는 언덕이고, 길 끝에는 작은 성당이 있습니다.

카뮈의 집은 그리 근사하게 보이지는 않습니다. 무슨 공사라도 하는 중인지 기계들이 어지러이 놓여 있는 정면 쪽 문은 굳게 닫혀 있

카뮈의 집

고, 측면에 난 문도 마찬가지입니다. 몇 번을 두드렸지만 대답 한마디 없었습니다.

아마 무작정 찾아와 일단 문을 두드리고 보는 '카뮈 순례자'가 많았을 겁니다. 창틈으로 두툼한 책들이 즐비한 것이 보였습니다. 정면 쪽 문에 그려진 붉은 원에 대각선으로 쭉 그은 선이 마치 '성가시게 굴지 마세요'라고 외치는 듯합니다.

우리가 루르마랭에 갔던 날, 마침 장이 열리고 있었습니다. 우글거리는 인파 속으로 들어가 살펴보니 여기저기 흥정하는 소리가 요란합니다. 치즈며 과일 같은 특산품이 풍성합니다. 남자도 여자도 쇼핑백 대신 밀짚으로 만든 바구니를 팔에 걸치고 있는 모습이 색다릅니다. 집시 남녀가 한쪽에서 연주를 하고 있었습니다.

루르마랭의 재래시장에서 남성들이 치즈를 고르고 있다.

카페와 식당은 점심나절 한껏 흥청대더니 오후 2시가 지나자 다시금 정적 속으로 빠져들었습니다. 스페인이나 이탈리아와 가까워서 그런지 '시에스타siesta'를 즐기러 모두 집으로 돌아간 것 같습니다. 루르마랭의 이방인은 텅 빈 거리를 헤맵니다.

1960년 1월 3일에 카뮈는 마지막 길을 떠납니다. 원래 아내와 아이들과 함께 열차를 타고 파리로 갈 계획이었지만, 도중에 마음을 바꿔 친구 미셸 갈리마르 부부의 승용차를 타고 가기로 했습니다.

음울한 전조는 며칠 전부터 있었습니다. 1959년 연말 카뮈는 느닷없이 아내에게 "만약 내가 죽으면 루르마랭에 묻어달라"라는 말을 남깁니다. 그에 앞서 알제리의 어머니에게 수표를 넣은 편지를 보냅니다. "엄마가 언제나 변함없이 젊고 아름답기를 바라요."

마지막 날 카뮈가 들고 간 검은 가방에는 훗날 발간될 소설 『최초의 인간』의 원고와 일기, 니체의 『즐거운 학문』, 셰익스피어의 『오셀로』, 신문에서 오려낸 운세, 그리고 더 이상 소용없게 된 기차표가 들어 있었습니다. 카뮈가 탄 차는 안개 때문에 미끄러져 가로수를 두 번 들이박습니다. 카뮈는 뒷문으로 튕겨나가 즉사합니다.

1월 5일 카뮈는 관 속에 누운 채 루르마랭의 집으로 돌아옵니다. 그의 묘는 마을 맞은편 공동묘지에 있었습니다. 묘석에는 '알베르 카뮈(1913~1960)' 외에는 아무런 글귀도 새겨져 있지 않았습니다.

아비뇽으로 가는 길로 접어들면서 루르마랭을 다시 돌아봤습니다. 멀리 뒤쪽에 보이는 루르마랭은 빛나는 태양 아래 평화롭기 그지없습니다. 뒤로는 울퉁불퉁한 백색 암반을 드러낸 뤼브롱 산맥이 역시 태양과 함께 저를 따라 질주하고 있습니다.

"만약 내가 죽으면 루르마랭에 묻어달라."

— 알베르 카뮈

17

괴도 뤼팽과
모파상의 전설은
노르망디의 파도에서
시작됐다

영국 도버 해협 맞은편 노르망디Normandie는 프랑스의 자랑입니다. 지중해 연안의 남부 코트다쥐르 해변과 맞먹는 절경이 대서양을 따라 펼쳐집니다. 비취빛 파도가 코발트색 하늘 아래 하얀 포말을 내뿜는 것을 보면 숨이 막힐 정도지요.

노르망디라는 이름은 노르만족에서 유래됐습니다. 노르만족이 역사에 처음 등장한 것은 9세기 무렵입니다. 켈트인과 로마인이 지배하던 곳에 사납기 짝이 없는 노르만족이 등장하자 프랑스 왕은 위협을 느꼈습니다. 야만족을 달래기 위해 왕은 영토의 일부분을 내주고 노르만족의 우두머리에게 프랑스 공작 작위까지 내립니다. 이 영토가 노르망디입니다.

유럽에서 가장 아름다운 해안 가운데 하나인 디에프-르아브르 구간은 노르망디의 백미라고 할 만합니다. 길이 103킬로미터인 이곳은 '코트 알바트르Côte d'Albâtre'라고 불립니다. 프랑스어로 '코트'는 해안, '알바트르'는 흰 대리석이니 '백색 해안'이라고 불러도 무리가 없겠습니다.

프랑스 칼레에서 노르망디의 출발점 에트르타까지는 자동차로 약세 시간 정도가 걸립니다. 에트르타의 중심부에 가면 '기 드 모파상' 거리가 있고, 거리의 작은 교차로에서 50미터쯤에 모리스 르블랑 Maurice Marie Émile Leblanc의 집이 보입니다.

모리스 르블랑은 홈스의 라이벌 뤼팽을 탄생시켰습니다. 옛날 번역본에서는 뤼팽이 '루팡'이라고 번역된 경우가 많은데, 일본어로 번역된것을 다시 우리말로 옮겼기 때문입니다. 중역의 폐해였습니다.

이 뤼팽은 각종 인물을 섞어놓은 '짬뽕형 주인공'이라고 합니다. 뤼팽이라는 이름부터 에드거 앨런 포의 『모르그 가의 살인사건』에서 최초로 등장하는 탐정인 오귀스트 뒤팽을 본뜬 것이라는 설이 있지요.

고전 작품에 등장하는 인물의 이름을 모방하는 것으로 존경을 표하는 경우가 문학계에는 종종 있습니다. 일본 추리소설의 아버지 에도가와 란포는 필명을 에드거 앨런 포의 이름에서 따왔지요.

외국 작품의 등장인물이나 작가를 오마주하는 데 그치지 않고 아예 새 인물을 창조하는 경우도 있습니다. 일본 추리소설의 대가인 요코미조 세이시의 작품에 '긴다이치 코스케'라는 명탐정이 있습니다. 훗날 만화 『소년탐정 김전일』 시리즈의 주인공 긴다이치 하지메가 "할아버지의 명예를 걸고!"라며 긴다이치 코스케의 손자로 등장하기도 합니다. 그런데 만화 출간 초기에는 요코미조 세이시의 유족과 이런 설정에 대해 합의가 되지 않았다고 합니다.

에트르타는 저녁이 되면 또 다른 모습으로 변신한다.

르블랑은 왜 괴도를 주인공을 내세운 걸까요? 셜록 홈스를 의식한 것이 분명해 보입니다. 르블랑은 뤼팽을 175센티미터의 키, 다부진 몸집, 갸름한 얼굴, 흘겨보는 듯한 눈초리, 경박한 웃음과 농담, 여자를 홀리는 연애 기질이 다분한 인물로 그렸습니다.

신중한 성격에 농담을 거의 하지 않고 진지하기만 한 홈스와는 사뭇 대조를 이룹니다. 홈스의 능력이 추리·암호 해독·관찰력이라면 뤼팽은 변장·마술·의학·건축·미술·고고학입니다. 이런 잡다한 능력 때문인지 뤼팽 시리즈에 등장하는 형사조차 "그는 사람이 아닐지도 몰라"라고 경탄합니다.

뤼팽을 주인공으로 한 첫 작품은 1905년부터 신문에 연재해 1907년 책으로 묶어낸 『괴도신사 아르센 뤼팽』입니다. 1908년 『아르센 뤼팽 대 헐록 숌즈』, 1909년에는 뤼팽 시리즈의 백미라고 할 수 있는 『기암성』이 나옵니다. 기암성은 비밀이 담긴, 기괴한 모양의 돌로 만든 성이라는 뜻입니다.

1939년에 나온 스무 번째 편 『아르센 뤼팽의 수십억 달러』가 이 시리즈의 마지막입니다. 르블랑이 죽기 2년 전 작품입니다. 2012년 우리나라와 프랑스에서 동시에 출간된 『아르센 뤼팽의 마지막 사랑』은 미발표된 채로 묻혀 있던 유고였습니다.

뤼팽은 빈자를 돕고 부자를 조롱하지요. 그는 뭔가를 훔치기 전에 예고장을 보내고 초인적 변장술로 신출귀몰한 행동을 합니다. 프랑스인들은 절대 권력에 억압된 사회 분위기 속에서 그를 통해 대리 만족을 느꼈는데, 뤼팽의 팬들을 '뤼피니앵'이라고 부르기도 했습니다. 안타깝게도 뤼팽 시리즈는 오늘날 당시만큼 높은 평가를 받지 못하고 있습니다.

르블랑은 1864년 프랑스 루앙에서 선장의 아들로 태어났습니다. 그의 어린 시절은 풍파의 연속이었습니다. 네 살 때 집에 불이 나 겨우 목숨을 건졌고, 여섯 살 때인 1870년에는 프로이센-프랑스 전쟁이 터져 스코틀랜드로 피난을 가기도 했습니다.

고향 에트르타로 돌아온 르블랑은 틈틈이 바닷가로 나가 산책을 즐겼는데, 소설 『기암성』의 무대가 된 코끼리 바위도 이때 본 것이지요. '기암성'이라는 제목은 일본 편집자들이 붙인 것입니다. 원래 제목 'L'Aiguille creuse'는 프랑스어로 '바늘구멍'이라는 뜻입니다.

어렸을 적에 본 에트르타의 코끼리 바위에서 르블랑은 이런 상상을 하지 않았을까요. '코끼리처럼 생긴 바위 속은 비어 있을 것이다. 해저 터널로 연결되어 있다면 비밀 창고로 안성맞춤이겠지. 안에 들어 있는 보물은……. 사치를 즐긴 루이 16세의 왕비 마리 앙투아네트의 것으로 하자.'

르블랑의 문학 인생에서 빼놓을 수 없는 인물이 있습니다. 귀스타브 플로베르입니다. 르블랑이 태어날 때 담당 의사가 플로베르의 아버지였으며, 르블랑은 17세 때까지 플로베르가 들려주는 이야기에 귀를 기울였다고 합니다. 플로베르의 제자 모파상도 그런 인연으로 만나게 됩니다. 플로베르와 모파상은 29세, 모파상과 르블랑은 14세 차이니 플로베르는 르블랑의 할아버지뻘이었습니다.

　고등학교를 졸업한 후 르블랑은 섬유의 이물질을 제거하는 회사에 취직했지만, 공장에서 한 일은 화장실에 숨어 글을 쓰는 것이었습니다. 그러던 어느 날 문학에 대한 열정을 폭발시키는 계기가 찾아옵니다. 루앙에서 플로베르 동상 제막식이 있던 날 에드몽 공쿠르, 에밀 졸라 같은 명사들이 참석해 친교를 나눌 기회가 생긴 겁니다.

　법학을 공부하기 위해 파리로 간 르블랑은 《르 피가로》, 《코메디아》 같은 잡지들에 글을 쓰면서 단편집 『부부들』을 냅니다. 플로베르와 모파상의 영향을 받은 이 작품은 '플로베르를 빼닮았다', '모파상과 같다'라는 평가를 받지만 대중적 인기를 얻진 못합니다.

　이때 피에르 라피트라는 편집자가 《주세투》라는 월간지를 창간하면서 코넌 도일의 셜록 홈스에 필적할 만한 추리소설을 부탁합니다. 이렇게 아르센 뤼팽이 탄생하게 된 것입니다. 르블랑은 추리소설로 방향을 튼 뒤부터 성공 가도를 달립니다.

　재능을 보여준 첫 작품은 월간지 《주세투》에 쓴 추리 단편 「마담 엥베르의 금고」로 괴도 뤼팽 시리즈 1권에 수록되어 있습니다. 르블랑은 훗날 최고 영예인 레지옹 도뇌르 훈장까지 받았습니다. 도일이 경의 칭호를 받은 것과 비슷합니다.

　그렇게 뤼팽 시리즈의 인기로 돈과 명예는 얻었지만, 순수문학을 제일로 치는 프랑스 문학계는 그를 대문호로 인정하지 않았습니다. 그리고 뤼팽의 인기가 퇴색한 지금, 에트르타의 모파상 거리에 있는 모

리스 르블랑의 집은 폐허처럼 방치되어 있습니다. 얼마 전까지 관광객들을 받은 것 같은 흔적은 남아 있는데, 제가 갔을 때는 건물의 출입구만 열려 있을 뿐 모든 통로가 차단되어 있었습니다. 정원은 사람의 손길이 닿은 지 오래된 듯 잡초가 무성했고, 회랑에 있는 비너스상은 목이 부러진 채 방치되어 있어 기괴한 느낌마저 받았습니다. 르블랑과 경쟁했던 코넌 도일의 런던 베이커 가 셜록 홈스 박물관이 연일 인파로 북적이는 것과 대조적입니다.

디에프에서 페캉을 거치면 '보고트 절벽'을 만날 수 있습니다. 인적이 드문 이 절벽만큼 한 여성이 자기 삶을 되짚어볼 만한 장소로 알맞은 곳도 없어 보입니다. 보고트 절벽은 프랑스 소설가 기 드 모파상 Guy de Maupassant의 첫 장편소설 『여자의 일생』의 무대입니다.

『여자의 일생』은 한 여자의 파란만장한 삶을 그린 소설입니다. 순진한 잔은 쥘리앵 자작과 결혼하지요. 신혼 첫날부터 잔의 꿈은 깨지고 맙니다. 남편 쥘리앵이 천하의 바람둥이였던 것입니다. 쥘리앵은 잔의 친자매나 다름없는 하녀 로잘리를 임신시키는 것도 모자라 부근에 사는 프루빌 백작 부인과 밀회를 즐깁니다.

쥘리앵은 보고트 절벽 위 목동의 오두막 안에서 불륜을 벌이다 프루빌 백작에게 발각됩니다. 백작은 그들을 절벽 밑으로 떨어뜨리고 두 사람은 처참하게 죽습니다. 남편이 죽자 잔은 모든 관심을 아들 폴에게 쏟지만, 폴은 도박과 술과 여자에 빠져 빚을 지면서 잔이 어린 시절을 보냈던 집까지 날리고 맙니다.

힘겨워하는 잔을 돕는 것은 하녀 로잘리였습니다. 폴이 낳은 손녀를 키우며 마음의 평화를 얻은 잔을 보며 로잘리는 말합니다.

"인생이란 사람들이 생각하는 것만큼 그렇게 좋은 것도, 그렇게 나쁜 것도 아닙니다."

잔과 쥘리앵이 사랑을 속삭이던 또 다른 절벽이 보고트 절벽에서 멀지 않은 에트르타에 있습니다. 두 절벽은 비슷해 보이지만 느낌은 사뭇 다릅니다. 보고트 절벽은 잔이 퇴색한 삶을 관조하는 장소로 알맞습니다. 팔레즈 다발Falaise d'Aval이라고 불리는 에트르타의 절벽은 코끼리 모양을 하고 있어 다정다감해 보입니다.

『여자의 일생』은 1883년 모파상이 33세 때 쓴 작품입니다. 이 소설은 '프랑스 사실주의 문학의 걸작'이라는 평가를 받습니다. 처음 8개월 동안 2만 5,000부가 팔렸는데 당시로는 경이적인 베스트셀러였습니다.

젊은 모파상이 어떻게 여성의 심리를 그토록 잘 묘사했을까요? 유년 시절의 경험 때문이 아닐까요? 모파상이 12세 때 아버지 귀스타브와 어머니 로르가 이혼했습니다. 평탄치 않은 삶 속에서 모티브를 얻었다는 것을 짐작할 수 있습니다.

부모가 이혼한 1860년 이후 모파상은 어머니와 동생과 함께 에트르타에서 자랐습니다. 1868년 루앙의 고등학교에 들어가면서 모파상은 플로베르의 집을 찾아 문학 수업을 받습니다. 플로베르는 모파상을 지도했을 뿐 아니라 에밀 졸라, 알퐁스 도데 같은 작가들도 소개해줬습니다. 그것이 모파상의 지성을 살찌우는 비료였습니다.

1875년부터 모파상의 문학은 꽃을 피웁니다. 그해 지역 신문에 단편「박제된 손」을 발표했으며, 1880년 『메당의 밤』이라는 단편집에「비계덩어리」를 발표해 주목을 받습니다.

에밀 졸라가 프로이센-프랑스 전쟁에 참가했던 6명의 청년 문학

"인생이란 사람들이 생각하는 것만큼
그렇게 좋은 것도 그렇게 나쁜 것도 아닙니다."

- 『여자의 일생』 중에서

가들의 글을 모아서 낸 작품집이 『메당의 밤』입니다. 이후 이들은 '메당파'로 불립니다. 「비계덩어리」는 프로이센에 점령당한 프랑스 서부의 대도시 루앙에서 디에프로 가는 마차 안에서 벌어진 일을 다룹니다.

살이 쪄 '비계덩어리'라고 무시당하는 창녀와 백작, 포도주상, 공장 소유주, 수녀, 민족주의자가 마차에 동승했습니다. 프로이센군 장교가 "이 여자(비계덩어리)와 동침하겠다. 그렇지 않으면 통행을 불허하겠다"라고 협박하자 동승한 사람들은 순순히 응합니다. 그들은 거부하는 비계덩어리를 이기적이라며 비난까지 하지요.

이 소설은 프랑스 상류층의 뻔뻔함을 폭로합니다. 흐느끼는 비계덩어리를 보며 민족주의자 코르뉴데는 "조국에 바친 성스러운 사랑이여, 이끌라, 떠받치라, 복수의 우리 팔을, 자유여 그리운 자유여!"라는 프랑스 국가 〈라 마르세예즈〉를 외칩니다.

모파상은 「비계덩어리」의 작품 의도를 이렇게 설명합니다. "프랑스 우익의 맹목적인 애국주의를 제거하고 싶었습니다. 장군들도 따지고 보면 평범한 사람인데 어리석은 그들 때문에 많은 사람이 죽었습니다."

저는 모파상의 여러 작품 가운데 단편 「목걸이」를 제일 재미있게 읽었습니다. 모파상의 문학적인 재능이 소설 곳곳에서 번득입니다. 「목걸이」는 허영심 많은 여자와 하급 공무원인 남편이 벌이는 블랙코미디입니다.

부부는 파티에 초대를 받습니다. 아내 마틸드는 파티에 입고 갈 옷이 없다고 속상해합니다. 400프랑이나 되는 옷을 샀지만 이번엔 옷에

어울리는 보석이 없었습니다. 친구인 포레스터 부인에게 다이아몬드 목걸이를 빌려 파티에 참석하지만 돌아오는 길에 목걸이를 잃어버리고 맙니다. 고민 끝에 부부는 빚을 내 똑같은 디자인의 3만 6,000프랑짜리 목걸이를 사 포레스터 부인에게 돌려주고 빚을 갚습니다.

10년 후 빚을 다 갚고 폭삭 늙어버린 마틸드와 포레스터 부인이 우연히 재회합니다. 사실을 고백하는 마틸드에게 포레스터 부인은 "그 다이아몬드 목걸이는 가짜였어요"라고 말하며 소설은 끝납니다.

모파상은 1893년 7월 정신병원에서 44세의 젊은 나이로 숨을 거둡니다. 모파상은 27세 때부터 신경 질환을 앓았다고 합니다. 건강이 나쁜데도 10년밖에 되지 않는 짧은 문단 생활에서 단편 300편, 기행문 3권에 장편소설까지 남겼으니 대단한 작가가 아닐 수 없습니다. 그의 지병은 다작으로 인한 피로와 복잡한 여자관계 때문이라지요. 모파상의 건강이 나빠진 것은 아이러니하게도 너무 빨리, 주체할 수 없을 만큼 돈을 번 탓도 있습니다. 소설로 연간 1억 2,000만 원을 벌었는데 당시로서는 대단한 수입이었습니다.

모파상은 노르망디에 별장을 짓고 요트를 사 자기 작품명처럼 '벨아미'라는 이름을 붙였습니다. 그 배를 타고 모파상이 홀로 떠돌던 그 바다를 제가 지금 바라보고 있습니다.

18

마을 이름까지 바꾼
프루스트의
잃어버린 시간을
찾아서

프랑스 북서부에 일리에 콩브레Illiers-Combray라는 마을이 있습니다. 이 마을의 원래 이름은 '일리에'였는데 훗날 '콩브레'가 더해졌습니다. 20세기의 가장 위대한 소설 가운데 하나로 평가되는 『잃어버린 시간을 찾아서』 때문이었습니다.

『잃어버린 시간을 찾아서』는 마르셀 프루스트Marcel Proust의 작품입니다. 프루스트 전기를 쓴 앙드레 모루아가 일리에 콩브레를 묘사한 말이 있습니다. "태초에 일리에가 있었다. 2,000명이 살고 있는 조그마한 마을. 1971년 그것은 마침내 콩브레가 되었다."

프루스트는 일리에를 모델로 콩브레라는 가상의 마을을 작품 속에서 그려냈는데, 도리어 일리에 마을이 스스로 '일리에 콩브레'를 자처하게 된 것입니다. 이것만 봐도 프루스트가 얼마나 영향력 있는 작가인지 짐작할 수 있을 것 같습니다. 앙드레 말로는 프루스트의 작품을 격찬하며 이렇게 말했습니다.

"세상에는 두 종류의 사람이 있다. 프루스트를 읽은 사람과 읽지 않은 사람이다."

당시 프랑스 문학계에서 가장 권위 있는 잡지는 '프랑스 신 문학평론', 즉 《NRF》였으며 편집장은 앙드레 지드였습니다. 1912년 프루스트가 그에게 『잃어버린 시간을 찾아서』의 1부 『스완네 집 쪽으로』라는 원고를 보냈지만 곧 반송됐습니다. '재미가 없다', '이해하기 힘든 난해한 소설이다'라는 이유였습니다. 『잃어버린 시간을 찾아서』는 제임스 조이스의 『율리시즈』와 더불어 난해하다고 정평이 난 소설입니다.

이것은 1925년까지 사르트르 등 20세기의 주요 작가를 배출한 대표적인 문학잡지 《NRF》의 실수였습니다. 《NRF》가 이런 결정을 내리자 다른 출판사들도 프루스트의 원고에 관심을 두지 않았지요. 결국 소설은 1913년 자비 출판됩니다.

프루스트는 파리에서 태어났습니다. 일리에는 프랑스 위생국 장관을 지낸 아버지 아드리앵 프루스트의 고향이었습니다. 일곱 살 때 프루스트가 천식 증세를 보이자 아들의 건강을 걱정한 아버지는 일리에로 그를 요양 보냅니다. 1878년부터 1886년까지 일리에에서 6년간 머물렀던 경험이 『잃어버린 시간을 찾아서』의 모태가 된 것입니다.

저는 노르망디와 브르타뉴에 있는 문학가들의 발자취를 찾는 여정의 마지막으로 2015년 2월에 일리에 콩브레를 찾았습니다. 거세지는 눈발을 헤치고 날이 어둑해질 무렵 생테스프리 거리에 도착했습니다.

생테스프리 거리는 프루스트 박사 거리로 변했고, 소설 속 레오니 고모의 집은 프루스트 박물관으로 바뀌었습니다. 프루스트 박물관 대문을 열자 아담한 정원이 나왔습니다. 정원 왼쪽은 박물관이지요.

레오니 고모의 방

직원 두 명이 한국에서 왔다는 저를 반갑게 맞이했습니다. "전 세계의 프루스트 팬들이 많지는 않지만 끊임없이 찾아온다"라며 그들은 내부를 먼저 구경하라고 권했습니다. 3층 집에는 레오니 고모뿐 아니라 어린 시절 프루스트의 자취도 남아 있습니다. 2층에 프루스트가 묵었던 방과 침대가 보였고 만화경이 있었습니다.

천식 때문에 프루스트의 방에는 수증기가 가득했고, 밖에 나갈 때면 감기에 걸릴까봐 두꺼운 옷을 입었다고 합니다. 집 안에서 가족들의 보살핌을 받거나 살롱에서 귀부인들에게 둘러쌓여 지냈던 그는 언제나 자신의 이면을 들여다보고 싶은 욕구에 시달렸습니다. 그런 욕구가 훗날 '의식의 흐름'이라는 기법으로 발전한 것은 아닐까요?

3층에는 프루스트를 비롯한 당대 인사들의 흑백사진이 전시돼 있었습니다. 개중에는 『잃어버린 시간을 찾아서』에 등장하는 인물도 있습니다.

프루스트 박물관 정문에서 왼쪽으로 3분 정도 걸으면 프루스트가 즐겨 먹던 마들렌 과자점이 있습니다. 전형적인 시골풍의 과자점에서 주인과 몇 마디 주고받는 동안 동네 아이들이 마들렌을 사러 왔습니다. 훗날 이들도 프루스트처럼 유명 작가가 될까요?

『잃어버린 시간을 찾아서』에 등장하는 장소 중에서 레오니 고모의 집 다음으로 중요한 곳은 스완의 집과 게르망트입니다. 프루스트 박물관을 끼고 마들렌 과자점을 지나면 교회와 광장이 나옵니다. 거기서

어느 상점 앞에 걸린 프루스트의 초상

도보로 10분 정도 걸어가면 조그만 개울이 보입니다. 물길 옆 키 큰 나무가 가지런히 심어진 작은 도로를 따라가면 차가 다니는 도로가 나오고 그 건너편이 프루스트 공원, 즉 스완의 집입니다.

마침 같은 곳을 향해 걷는 사람들이 있더군요. 일행 중 흑인은 프루스트를 전공한 학자인 듯했습니다.

도착해서 보니, 소설에서 스완의 아버지가 "아름답다고 생각되지 않는가? 이 모든 수목들, 이 산사나무들, 그리고 이 연못"이라고 경탄하는 문장이 떠올랐습니다. 프루스트는 천식을 달래려고 정원에 앉아 책을 읽으며 온갖 상상을 했을 겁니다. 스완의 집은 원래 프레 카틀랑 성의 정원이었어서 비교적 쉽게 찾을 수 있습니다. 그러나 게르망트는 위치를 아는 사람이 아무도 없었습니다.

『잃어버린 시간을 찾아서』 1편의 서술자는 '나'입니다. 어린 프루스트지요. 성인이 된 '나'는 어머니가 건네준 마들렌 과자를 따뜻한 차에 적셔 입에 넣는 순간, 어린 시절 콩브레의 레오니 고모 집에서 겪었던 기억을 떠올립니다.

어느 일요일 아침, 콩브레에서 레오니 고모에게 아침 인사를 하러 침실로 찾아갔을 때 고모가 차에 적셔 '나'에게 건네주었던 그 마들렌의 맛이 생각난 거지요. 마들렌의 맛과 함께 추억도 살아납니다. 방학 때면 부모님을 따라 갔던 레오니 고모의 낡은 시골집과 정원의 모습, 하인들의 얼굴, 그리고 레오니 고모의 집을 나섰을 때 스완의 집과 게르망트의 집으로 나뉘는 두 갈래 길 등등입니다.

소설의 등장인물들은 실제 인물을 조합한 결과로 보입니다. '레오니 고모'에는 프루스트의 고모 엘리자베스와 친할머니의 모습이 섞여 있습니다. 등장인물 못지않게 중요한 것은 문학적인 모티브입니다. 세계적인 문호들은 '어머니'를 모티브로 삼은 소설을 많이 썼습니다. 스탕달, 보들레르, 앙드레 지드 등이 그랬습니다. 프루스트도 마찬가지였습니다.

프루스트는 어릴 적부터 선천적으로 몸이 약했지요. 병약한 아들을 지탱해 준 것은 남다른 보호와 애정을 쏟은 어머니였습니다. 어머니에게 집착했던 아들은 어머니가 없으면 안절부절못할 정도였다고 합니다. 이런 유약한 성미는 『잃어버린 시간을 찾아서』의 '나'에게서 그대로 드러납니다.

"내가 잠을 자러 침실로 올라갈 때마다 엄마가 뽀뽀해주러 오리라는 생각만이 나의 마음을 달래주고는 했다. 그러나 엄마의 취침 뽀뽀는 길지 않았으며 이내 아래층으로 다시 내려갔기 때문에, 엄마가 층계를 올라와 이중문을 열고 복도를 걷는 소리, 옷자락 끝에 작은 짚 끈이 달린 정원용 드레스의 푸른 모슬린 천이 가볍게 스치는 소리가 들려올 때면 오히려 나는 고통스러웠다. 다음에 무슨 일이 생길 것인지 충분히 알고 있었기 때문이다. 엄마가 나를 홀로 놔두고 다시 아래층으로 내려갈 순간이 다가오고 있음을 알리는 소리였던 것이다."

프루스트가 그토록 사랑한 어머니는 프루스트가 34세 되던 해에

마르셀 프루스트의 방

세상을 떠났습니다. 1905년 에비앙에서 프루스트는 어머니와 함께 여름휴가를 보내고 있었는데, 병에 걸린 어머니는 자신이 아픈 것을 아들에게 감추고 혼자 파리로 돌아왔다가 숨을 거뒀습니다.

프루스트는 며칠 후 어머니의 죽음을 전해 들었고, 장례식을 치른 뒤 한 달 동안 울기만 했다고 합니다. 어머니가 돌아가신 후 프루스트의 생활도 바뀝니다. 사교계에 발길을 끊고 오직 창작에만 몰두한 것입니다. 그 결과물이 『잃어버린 시간을 찾아서』이니 이 대작은 어머니의 마지막 선물이 아닐까요.

『잃어버린 시간을 찾아서』 1부가 호평받자, 1919년 2부 『꽃핀 소녀들의 그늘에서』가 발표됩니다. 2부가 출간되면서 프루스트는 진정한 작가로서 인정받았습니다. 그해 프랑스 문학계에서 최고 권위를 자랑하는 콩쿠르상이 그에게 수여됐습니다.

프루스트는 천식뿐만 아니라 요독증 때문에 자주 쓰러지면서도 1921년에 3부『게르망트가의 사람들』, 4부『소돔과 고모라』를 발표했지요. 작가 폴 모랑은 "그 무렵의 프루스트는 하루에 세 번 정도 죽음의 위기를 맞곤 했다"라고 회고했습니다. 프루스트는 1922년 10월 19일 마지막 외출에 나섭니다. 그러곤 곧 귀가해서 소리쳤지요. "죽음이 끈질기게 쫓고 있소. 그림자처럼 바짝 뒤따라왔소."

11월 18일 숨지기 전까지 그는 죽음의 그림자를 느끼며 작품에 삽입될 구절이나 수정된 내용들을 여비서 셀레스트에게 낭독해줬습니다. 안타깝게도 셀레스트는 프루스트가 불러준 모든 구절들을 정확한 문장과 문맥 속에 삽입하지 못했다고 합니다.

『잃어버린 시간을 찾아서』의 5부부터 7부는 프루스트가 세상을 떠난 후인 1923년부터 1927년에 걸쳐 발표됐습니다.

"세상에는 두 종류의 사람이 있다.
 프루스트를 읽은 사람과 읽지 않은 사람이다."

– 앙드레 모루아

19

수련의 화가
모네의 지베르니

오베르쉬르 우아즈에서 지베르니로 가는 길은 멀었습니다. 분명 도로 표지판에서 '지베르니'라는 이름을 봤는데 내비게이션은 계속 시골길로 안내합니다. 제가 예약한 숙소가 센 강의 지류 옆, 기찻길로 차단되다시피 한 곳에 위치해 있었던 것입니다.

사위가 검게 물든 시각에 도착한 숙소는 호텔이라는 이름을 붙이기도 민망할 정도였지요. 그것은 불운의 시작에 불과했습니다. 다음 날 모네 정원에 도착했을 때는 비명이 터져 나왔습니다. "어제(11월 1일)가 마지막이었다. 내년 4월 1일 재개관한다"라는 게 아니겠습니까.

하루 차이로 모네의 정원을 볼 수 없게 돼서야 전날 오베르쉬르 우아즈에서 고흐를 치료한 가셰 박사의 집에서 겪은 일이 떠올랐습니다. 가셰 박사의 집을 관리하는 안내원이 "오늘은 문을 여는 올해의 마지막 날이라 무료"라고 한 것입니다. 공짜라는 말에만 귀 기울였지 다른 명소에도 같은 룰이 적용된다는 생각을 못 했습니다.

지베르니 모네 정원 마을은 500명 정도가 사는 한적한 동네지만 볼거리가 많습니다. 모네 정원 외에 국립 인상주의 미술박물관과 모네의 무덤이 있고 자그마한 아틀리에가 골목마다 아기자기하게 숨어 있습니다.

'Impressionism', 즉 인상주의란 빛과 대기의 변화에 따른 색채를 중시한 기법으로 현대 화풍에 큰 영향을 미친 사조입니다. 인상주의라는 이름이 널리 알려지기 시작한 것은 1874년 나다르의 사진관에서 일군의 화가들이 여덟 차례 전시회를 연 직후입니다.

'영원한 인상주의자는 모네 한 명뿐'이라는 말이 있습니다. 처음부터 인상주의를 시작했고 인상주의의 최후 생존자로 살다간 인물이어서 이런 평을 받는지도 모르겠습니다. 식료품상의 아들로 태어난 모네의 생애도 인상적입니다.

모네의 아버지는 아들이 가게 일을 맡기를 원했지만 모네는 어렸을 적부터 화가가 되려 했습니다.

가난한 집안 사정 때문에 모네는 화가가 되겠다는 꿈을 미루고 노르망디의 거친 파도를 지켜보았지요. 그러면서도 풍자만화를 팔아 돈을 벌기도 했으며 바다를 소재로 그림을 그리기도 했습니다. 지금도 보관되어 있는 스케치는 전문가 수준이라는 평을 받았지요. 정식으로 미술 교육을 받지 않았음을 감안하면 대단한 재능입니다.

숙모 르카드르 부인은 모네의 재능을 아까워하며 모네가 그림을 배울 수 있도록 적극 도왔습니다. 모네의 인생은 그 이후에도 르아브르 근처를 맴돌게 됩니다. 이것이 모네가 르아브르에서 가까운 지베르니를 터전으로 삼았던 이유일 겁니다.

모네는 1861년 무렵 파리에 있는 화실에 다녔습니다. 거기서 르누아르, 시슬레 등 훗날 인상주의 일원이 되는 친구를 만나지요.

굳게 닫힌 모네의 집

19세기 중후반 지식인들에게 '아는 것'은 '보는 것'에 불과했습니다. 즉 현실reality은 겉모습appearance이었기에 겉모습을 보여주는 '빛'은 예술가들의 공통된 주체가 됐습니다. 화풍 또한 빛의 지배를 받습니다.

시시각각 변하는 빛을 묘사하려면 느릿한 살롱식 화풍보다 짧게 끊어지고 자유분방하면서도 거친 붓놀림이 필요했습니다. 또한 '고유의 색깔'이라는 것이 실제로는 인간의 뇌가 '기억'하는 것에 불과하다는 사실을 빛이 일깨워줍니다.

모네의 초기작 〈라 그르누예르〉, 〈파리의 카피쉰 대로〉와 몇 년 뒤 나온 〈양산을 든 여인〉, 〈생 라자르 역〉을 비교해보면 보다 거칠고 과감해진 색과 붓놀림의 변화를 눈치챌 수 있습니다.

모네의 삶도 화풍의 변화만큼이나 우여곡절이 많았습니다. 모네는 자기보다 일곱 살 어린 카미유와 결혼해 두 아이를 낳습니다. 이 가난한 미술가 부부의 후원자는 파리에서 백화점을 경영하던 에르네스트 오슈데, 알리스 부부였습니다.

모네 일가를 돕던 에르네스트가 파산을 한 뒤에도 모네의 그림은 여전히 생활에 도움이 되지 못했습니다. 카미유는 모네가 39세 때 두 아들을 남긴 채 사망합니다. 남은 것은 이제 모네와 두 아들, 에르네스트의 부인 알리스와 그녀의 여섯 아이였습니다.

그로부터 몇 년 뒤 모네는 기차를 타고 가다 지베르니 마을을 지납니다. 그때 눈에 들어온 것이 꿈에 그리던 분홍색 집이었습니다. 당장 그 집으로 이사한 모네 가족은 울타리를 없애고 정원을 가꾸기 시작했습니다.

　그 뒤부터 모네의 그림이 팔리기 시작할 때쯤 벨기에로 떠난 에르네스트의 사망 소식이 들려왔습니다. 어정쩡하게 동거하던 모네와 알리스는 1892년 재혼을 합니다. 모네는 요리사와 가정부, 정원사를 여섯 명이나 고용할 만큼 돈을 벌었습니다.

　행복이 지나가면 불행이 오는 법. 1908년부터 모네에게 불행이 잇따릅니다. 화가에게는 저주나 다름없는 백내장을 앓아 시력을 잃을 위기를 맞은 거지요.

　주저앉은 대가를 일으킨 사람이 있습니다. 에르네스트와 알리스 사이에서 낳은 의붓딸이자 며느리인 블랑슈입니다. 블랑슈는 화구를 챙겨 모네를 밖으로 끌어냅니다. 완강히 버티던 모네는 결국 다시 붓을 잡고 1916년부터 수련을 그리게 됩니다.

　모네의 화집에 유독 일본인이 많이 등장하고, 모네 정원에는 일본풍 다리가 놓여 있습니다. 왜 그럴까요? 그것은 인상주의의 출발과 깊은 관계가 있습니다. 인상주의는 일본 풍속화로부터 영향을 받았습니다.

　일본 풍속화를 우키요에라고 하는데, 이것은 물 위에 떠도는 것 같은 세상을 그린다는 뜻입니다. 우키요에는 에도(지금의 도쿄) 시대, 즉 도쿠가와 막부 시절 유행했는데, 안도 히로시게가 그 대표적인 작가입니다.

문이 닫힌 틈으로 들여다본 모네의 정원에 있는 일본풍 다리

흑백 대비와 뚜렷한 윤곽선, 검은색과 빨간색처럼 강렬한 색을 사용하는 우키요에는 목판화로 만들어졌는데, 이게 유럽으로 흘러들어가 훗날 인상주의를 낳게 되지요. 우키요에는 인상주의에 영향을 줬을 뿐 아니라 일본 문화를 유럽에 소개해 오늘날 '자포니즘Japonism'의 원류가 됐습니다.

역경은 위대한 예술의 밑거름이 된다는 말은 노년의 모네에게 어울립니다. 백내장을 앓던 그는 수련에 몰두한 뒤 대작을 선보입니다. 주변 늪지까지 사들여 만든 정원에 활짝 핀 수련과 일본식 다리를 그린 첫 작품에서부터 시작해 점점 그림의 규모가 커져 파리 튈르리 공원에 있는 오랑주리 미술관의 벽화 연작에 이르게 됩니다.

벽화가 설치된 타원형 방을 보고 화가 앙드레 마송은 '인상주의의 시스티나 성당'이라는 헌사를 바치죠. 샤갈은 모네를 향해 '우리 시대의 미켈란젤로'라는 찬사를 보냅니다.

제2차 세계대전이 끝난 뒤 모네의 그림들은 '모네 부흥Monet Revival'으로 재조명되고, 그는 현대 회화의 선구자로 주목받습니다.

지베르니 정원 폐관에 실망한 제가 모네의 정원을 문틈으로 들여다보고 있으니 지나가는 프랑스인들이 빙그레 웃습니다. '저 동양인이 모네를 꽤나 좋아하는가 보군' 하고 생각하는 듯한 미소였습니다.

20

플로베르와
보바리 부인을 찾아
루앙으로

Musée Flaubert
et d'histoire
de la médecine

ICI NAQUIT
GUSTAVE FLAUBERT
LE 12 DÉCEMBRE 1821

루앙Rouen은 프랑스 칼레 항에서 파리로 가는 고속도로 중간에 있습니다. 프랑스 서북부에서 가장 큰 규모의 도시로, 이곳 출신의 가장 유명한 인물은 잔 다르크지요. 잔 다르크는 1412년 태어나 1431년 열아홉의 나이로 화형을 당했습니다. 우리 유관순 열사와 비슷합니다. 잔 다르크를 기리는 교회가 모네의 연작으로 유명한 루앙 대성당에서 걸어서 5분 거리에 있습니다.

이런저런 볼거리가 많은 루앙은 소설가 한 명으로 인해 더욱 빛납니다. 귀스타브 플로베르Gustave Flaubert의 흔적은 루앙 대성당과 루앙 시립병원의 플로베르 기념관, 모뉘망탈 공동묘지에서 찾을 수 있습니다. 플로베르 기념관은 그가 자란 곳이며 모뉘망탈 공동묘지는 그가 잠들어 있는 곳입니다.

플로베르의 작품 가운데 문학사에서 기념비적인 작품이 『보바리 부인』입니다. 루앙에서 자동차로 30분 거리인 리Ry 마을은 『보바리 부인』에서 '용빌 라베이'라는 이름으로 등장하는데, 인구는 수백 명 남짓이며 2차선 도로를 낀 세로로 길쭉한 모양입니다. 끝에서 끝까지 걸어서 10분도 걸리지 않지만 아기자기한 볼거리가 많습니다.

조건 좋은 과부와 정략 결혼한 시골 의사 샤를 보바리는 아내가 사망하자 평소 눈여겨보았던 시골 농장주 루오 영감의 딸 엠마와 재혼합니다.

보바리는 젊고 예쁜 엠마가 사랑스러웠지만 엠마는 늙고 별 취미가 없는 남편에게 금세 싫증을 냅니다. 학창시절에 연애소설만 탐독한 탓인지 로맨틱한 사랑에 대한 로망이 있었던 엠마는 매력 없는 남편과의 틀에 박힌 생활을 싫증 내다 못해 신경 발작까지 일으킵니다.

남편은 아내를 위해 토트에서 용빌 라베이로 이주할 것을 결정합니다. 엠마는 남편의 바람대로 딸을 낳은 뒤 점점 차도를 보입니다. 생활이 안정될 즈음 법률 사무소 서기 레옹이 나타납니다. 둘은 서로에게 끌리지만 레옹이 변호사가 되기 위해 파리로 떠나면서 헤어집니다.

떠난 연인을 향한 그리움은 엠마의 또 다른 사랑을 점화시키지요. 바람둥이 루돌프였습니다. 그와 격정적인 사랑을 나누지만 엠마는 버림받습니다. 루돌프가 함께 도망가기로 한 약속을 깬 겁니다. 배신당해 낙담한 엠마 앞에 레옹이 다시 나타납니다. 옛정이 되살아난 둘은 더욱 대담해져 밀회 장소까지 정해놓고 불륜 행각을 벌입니다.

그러는 사이 마을 사람들은 온통 수군거리고 빚은 눈덩이처럼 늘어납니다. 엠마는 남편 몰래 문제를 해결하려고 부동산을 처분하지만 부채는 남편의 병원과 집마저 차압할 만큼 늘어납니다. 그제야 여기저기 손을 벌려보지만 상황은 손쓸 수 없을 정도로 커져 있었습니다.

루앙 대성당의 내부

노란 집은 엠마의 실제 모델이 살았던 집이다.

결국 엠마는 자살하고 맙니다. 아무것도 모르고 있었던 남편 보바리는 어느 날 우연히 열어본 아내의 서랍 속 편지를 읽고 아내의 불륜을 알게 됩니다.

남편 보바리는 이후 실의에 빠져 지내다 생을 마칩니다. 홀로 남은 딸은 여기저기 친척 집을 떠돌다가 결국 봉제공장에 들어갑니다. 김화영 교수가 번역한 민음사의 『마담 보바리』는 당시의 상황을 이렇게 묘사합니다.

> "모든 것을 팔고 나니 12프랑 75상팀이 남아 어린 보바리 양이 할머니에게 가는 여비로 쓰였다. 노부인도 그해에 죽었다. 루오 영감은 중풍에 걸렸기 때문에 어떤 친척 아주머니가 아이를 맡았다. 그녀는 가난해서 생활비를 벌도록 아이를 공장에 보내 일을 시키고 있다."

상상을 뛰어넘는 '막장드라마'가 난무하는 우리와 달리 1856년 프랑스 사회는 파격적이고 외설적인 이 소설이 나오자 충격에 휩싸이게 됩니다.

이 소설은 실화가 바탕입니다. 의사 들라마르의 아내 델피느의 자살이 『보바리 부인』의 모티브였다는 것입니다. 리 마을에는 들라마르와 그의 아내 델피느의 흔적이 곳곳에 남아 있습니다.

레옹이 일하던 법률 사무소며 엠마가 불륜 장소로 향하는 마차 '제비'를 타던 장소며 약국 같은 장소들이 남아 있습니다. '마담 보바리'

...RY ET SES AMIS
à
GUSTAVE FLAUBERT
1821   1880

MADAME BOVARY
LA TENTATION DE St ANTOINE
L'EDUCATION SENTIMENTALE
BOUVARD ET PECUCHET
SALAMMBO

플로베르 광장에 플로베르의 얼굴이 새겨져 있다.

"샤를은 지난날 그녀가 사랑했던 그 얼굴을 앞에 놓고
넋을 잃은 채 몽상에 잠겼다.
그녀의 것이었던 그 무엇을 다시 보는 것 같은 느낌이 들었다.
그것은 경이의 느낌이었다.
그는 자기가 이 사나이가 되고 싶었다."

― 『마담 보바리』 중에서

라는 이름의 카페와 플로베르의 흉상, 플로베르 광장, 박물관까지 이 조그만 마을에 다 모여 있습니다.

리 마을을 빠져나갈 즈음 언덕 위에 엠마의 친정집 루오 영감의 농장이 있습니다. 용기를 내어 '외부인 출입금지'라는 팻말을 무시하고 집으로 다가갔습니다. 50대로 보이는 잘생긴 남자가 문 앞에서 나무를 가다듬고 있었습니다. "보바리 부인의 흔적을 보고 싶다"라고 하자 흔쾌히 문을 열고 내부를 공개해줬습니다. 넓은 부지의 농장 건물들이 루오 영감이 생존해 있던 당시의 모습을 간직하고 있는지는 모르겠습니다.

거실 내부는 현대식으로 개조한 상태였지요. 딸과 함께 산다는 남자는 "일본의 신쵸사 기자가 몇 년 전 이곳을 다녀간 다음 쓴 글이 실린 잡지를 보내줬다"라며 보여주기도 했습니다. 그가 보여준 소설 속 현장은 가슴을 뛰게 만들기에 충분했습니다. 여기서는 리 마을이 훤히 내려다보입니다.

평론가들은 『보바리 부인』에 다음과 같은 평을 남깁니다. "이것은 과학적 인간 분석의 선구적 작품이다." "이것은 발자크 이래 가장 뛰어난 소설이다." 장 폴 사르트르의 배배 꼬인 평론도 재미있습니다. 사르트르는 "나는 『보바리 부인』을 좋아하지 않는다. 플로베르 역시 좋아하지 않는다. 그러나 『보바리 부인』은 정녕 위대한 작품이다." 말장난 같기도 하지만 이것이야말로 플로베르에게 바친 최고의 찬사가 아닐까요.

플로베르는 루앙에서 1821년 태어났습니다. 아버지는 루앙 시립병원 외과부장, 어머니는 노르망디 출신으로, 외가는 법관을 여럿 배출한 명문가였지요.

아버지의 직업 때문에 어린 플로베르는 병원, 수술실, 해부학 교실을 자연스레 접할 수 있었습니다. 삶을 기계적으로 다루는 이런 모습은 그를 염세주의에 물들게 합니다.

플로베르는 1841년 파리 대학 법학부에 입학하지만 3년 만에 신경발작으로 학업을 중단합니다. 신경 발작은 생의 마지막까지 플로베르를 괴롭힙니다. 루앙으로 온 플로베르는 하루 12시간씩 글을 썼습니다.

플로베르의 문학에 대한 갈증에 불을 붙인 사람은 각별한 친구 막심 뒤 캉입니다. 그는 프랑스 사회를 떠들썩하게 만든 '들라마르 사건'을 소재로 작품을 써보라고 플로베르에게 권유했습니다. 뒤 캉은 플로베르에게 세상 구경도 권했습니다.

두 사람은 1849년 11월부터 1851년 6월까지 카이로-베이루트-예루살렘-이스탄불을 지나 귀로에 그리스-이탈리아를 거치는 머나먼 여정을 함께합니다. 여행에서 견문을 넓힌 플로베르는 미친 듯이 집필에 몰두하는데 1851년 9월 13일부터 쓰기 시작한 『보바리 부인』이 완성된 것은 1856년 4월 30일이었습니다.

햇수로 5년이 걸린 작업이었습니다. 이 소설을 플로베르는 그해 발간된 《르뷔 드 파리》 10~12월호에 발표하지요. 이외에도 플로베르는

보바리의 실제 모델이 결혼식을 올렸던 성당

『성 앙투안의 유혹』, 『살람보』, 『감정교육』같은 작품을 내놓습니다.

플로베르가 최후를 맞은 크루아세는 공장 지대로 변했습니다. 센 강 상류를 오가는 화물선과 대형 트럭들 사이에 우두커니 놓여 있는 크루아세에는 사람의 손길이 닿지 않은 을씨년스러운 건물과 수목들이 그늘을 드리우고 있습니다.

여행의 진정한 의미는
새로운 풍경을 보는 것이 아니라
새로운 눈을 가지는 데 있다. - 마

르셀 프루스트

21명의 예술가와 함께 떠나는 유럽 여행

여행자의 인문학

초판 1쇄 발행 2016년 1월 25일
초판 8쇄 발행 2023년 1월 27일

지은이 문갑식
사 진 이서현
펴낸이 김선식

경영총괄 김은영
콘텐츠사업본부장 박현미 **콘텐츠사업4팀장** 임소연 **콘텐츠사업4팀** 황정민, 박윤아, 옥다애, 백지윤
편집관리팀 조세현, 백설희 **저작권팀** 한승빈, 김재원, 이슬
마케팅본부장 권장규 **마케팅1팀** 최혜령, 오서영
미디어홍보본부장 정명찬 **브랜드관리팀** 안지혜, 오수미 **뉴미디어팀** 김민정, 홍수경, 서가을
크리에이티브팀 임유나, 박지수, 김화정 **디자인파트** 김은지, 이소영 **유튜브파트** 송현석
재무관리팀 하미선, 윤이경, 김재경, 안혜선, 이보람
인사총무팀 강미숙, 김혜진 **제작관리팀** 박상민, 최완규, 이지우, 김소영, 김진경, 양지환
외부스태프 표지·본문디자인 서영미

펴낸곳 다산북스 **출판등록** 2005년 12월 23일 제313-2005-00277호
주소 경기도 파주시 회동길 490 다산북스 파주사옥 3층
전화 02-702-1724 **팩스** 02-703-2219 **이메일** dasanbooks@dasanbooks.com
홈페이지 www.dasanbooks.com **블로그** blog.naver.com/dasan_books
종이 한솔피엔에스 **출력·제본** 민언프린텍 **후가공** 이지앤비 특허 제10-1081185호

ⓒ 2016, 문갑식·이서현
이 책은 삼성언론재단의 지원을 받아 출판되었습니다.

ISBN 979-11-306-0716-0 (03810)

다산북스(DASANBOOKS)는 독자 여러분의 책에 관한 아이디어와 원고 투고를 기쁜 마음으로 기다리고 있습니다.
책 출간을 원하는 아이디어가 있으신 분은 이메일 dasanbooks@dasanbooks.com 또는 다산북스 홈페이지 '투고원고'란으로
간단한 개요와 취지, 연락처 등을 보내주세요. 머뭇거리지 말고 문을 두드리세요.